동서東西의 만남

박 이 문 지음

일조각

개정판을 내면서

세계와 문화가 급속도로 변한다. 이 책이 나온 지 20년도 안 되는 사이에 우리는 어느 정도의 한자를 아는 세대에서 한글세대로 완전히 바뀌었다. 새로운 세대의 독자들이 아직도 이 책의 내용에 관심을 가질 수 있을지도 모른다는 생각에서 원래 사용되었던 한자를 모두 한글로 바꾸어 개정판을 내기로 했다.

개정판이라 하지만 내용에는 전혀 변화가 없다. 한자를 한글로 바꾸는 과정에서 발견된 몇몇 활자의 오식을 정정하고, 약간의 낱말과 표현을 보다 적절하다고 여겨지는 것들로 덧붙여 바꾸었을 뿐이다.

출판사로는 이 개정판을 위한 작업은 신간을 내는 작업과 전혀 다를 바 없는 공정을 필요로 했다. 이런 수고를 맡아주신 출판사 일조각 한만년 사장님을 비롯한 여러분께 이 자리를 빌려 깊은 사의를 전한다.

2002년 2월

박 이 문

머리말

　풀브라이트 교환교수로 이화대학에 가 있던 중이었다. 동양과 서양을 문화적 측면에서 비교하는 짤막한 글을 청탁받았다. 동양과 서양을 비교해 보자는 것이었다. 주저 끝에 쓴 「부처와 그리스도」가 1981년 8월호 『삼성三省 소식』에 나왔다. 몇 번 더 연재해 달라는 부탁으로 붓을 계속하는 동안 뜻하지 않게 좋은 호응을 받아 다음 해 8월 서울을 떠난 후 이곳까지 와서 1984년 12월까지 한 번을 걸러 40회를 연재하게 됐다.

　그 가운데에 착오로 한 테마를 다룬 거의 중복에 가까운 글이 실렸었고 대신에 「공자와 마르크스」라는 글이 누락됐었다. 여기에 모은 것들은 『삼성 소식』에 이어 발표된 40회 중에서 중첩된 글을 하나 빼놓고 그 대신 누락되었던 글 「공자와 마르크스」를 첨부한 모두 40개의 독립된 단편적인 글들이다.

　이 글들이 속할 수 있는 분야를 구태여 말하자면 일종의 비교문학이나 인류학에 속하는 것으로 볼 수 있고, 이 글들의 성격은 학술적인 논문도 아니며 그렇다고 한국적 뜻의 수필이나 감상문도 아니다. 무소속에 가까운 성질의 글이다. 구태여 이름을 붙이자면 가벼운 단상이라 해도 좋겠다.

전문가로서가 아니라 하나의 교양인으로서, 체계적으로 구상된 것이 아니라 그때 그때 생각이 떠오르는 대로 적어 둔 것인만큼, 이것에서 지적 깊이, 정보적 정확성을 기대할 수도 없고 사고나 주장의 일관된 체계성을 찾으려 해도 잘 못일 것이다.

그러나 그 반면 독자들은 바로 이러한 성격의 글에서 전 문가의 글에서 볼 수 없는 생각의 신선성과 체계적 논문에 서 볼 수 없는 사고의 자유분방성을 즐길 수도 있을는지 모 른다.

동양과 서양은 문화적으로 그 성격이 크게 다르다. 그러 나 약 100년 전 특히 지난 40년 전부터 동양과 서양은 어쩔 수 없이 서로 뗄 수 없는 깊은 관계를 맺어 가고 있다. 특히 동양에 미치는 서양적인 영향은 너무나도 격렬하고 그에 따라 동양의 전통이 흔들리고 동양인들이 새로운 자주성을 찾아야 할 다급한 상황에 놓여 있다. 이런 마당에서 동양과 서양을 거시적인 입장에서 그것들 사이의 근본적인 차이와 성격을 생각해 보고 파악하는 일은 동양인으로서의 우리의 주체를 지키기 위하여 가장 기초적인 준비작업의 하나가 될 것이다. 이런 점에 극히 단편적이고 산촬적이나마 동양 과 서양의 문화적 차이를 여러 차원에서 고찰한 이 글들이 다소 독자의 관심을 살 수 있다면, 또 독자들에게 이 글들이 산만하나마 그들의 생각에 어떤 힌트를 줄 수 있다면 저자 는 그 이상의 보람을 바라지 않는다.

6

　　문화는 자연과는 달리 인과적 법칙에 의해 설명될 수 있
는 그냥 객관적 현상이 아니다. 그것은 한 인간공동체가 공
유하고 있는 세계관, 가치관의 한 체계를 지칭한다. 그러므
로 겉보기에는 서로 아무 상관이 없는 여러가지 문화현상
은 자연히 그것을 뒷받침하는 체계를 반영한다. 뒤집어 말
해서 문화권의 여러 문화현상들은 직접적 · 간접적으로 그
문화권의 세계관, 가치관을 구체적으로 나타낸다. 한 문화
권의 어떤 문화현상의 특수성이 그 문화권의 특수한 세계
관 혹은 가치관에 의해서 설명될 수 있다.

　　이와 같은 전제로 40개의 다양한 동서 문화현상들을 그
밑바닥에 깔린 각기 서로 다른 동과 서의 이데올로기에 의
해서 그 의미를 파악하려 해 보았다. 따라서 40개의 글들이
단편적이나마 독자들은 그 가운데에 어떤 통일된 관점의
원칙을 발견할 것이다.

　　이 글을 모아 책으로 내면서 먼저 오랫동안에 걸쳐 이 글
들의 원고를 교정하고 『삼성 소식』에 실어 준 그곳 여러분
과 컷을 그려주신 김천정 선생에게 이 자리를 빌어 사의를
표한다. 그리고 이것들을 하나의 책으로 묶어 출판을 맡아
주신 한만년 사장, 그 구질구질한 실무를 맡아주신 최재유
상무에게 깊은 사의를 표한다.

　　　　　1985년 2월

　　　　　　　　　미국 케임브리지에서 저 자

7

차 례

8

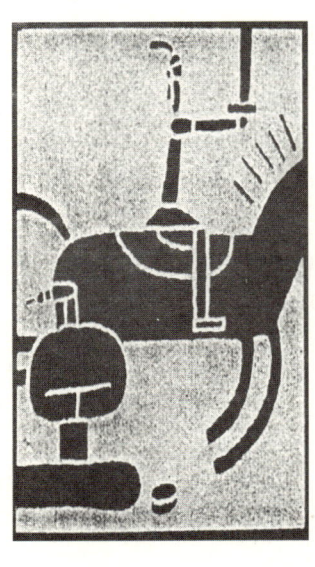

✝

차 례

동서의 만남

부처와 그리스도

종교는 과학적 사고가 미치지 않는 차원에서 본 우주, 자연과 인간과의 관계, 인생은 물론 모든 현상의 존재의미에 대한 지적 관점을 전제로 한다. 그러나 종교는 사물현상에 대한 지적 입장을 나타내기 전에 삶에 대한 근본적 태도를 나타낸다. 이런 점에서 종교가 설사 지적 내용을 내포하고 있다 하더라도 과학은 물론이고 이른바 철학 혹은 형이상학과도 다르다.

불교와 기독교는 각기 동양과 서양을 대표하는 종교이다. 종교가 삶에 대한 근본적인 태도를 나타낸다면, 불교를 표상한 부처에서, 기독교를 표상한 예수에서 각기 동양인과 서양인의 삶에 대한 자세가 발견된다.

이런 자세에서 각기 동양인과 서양인의 인간상이 비쳐진

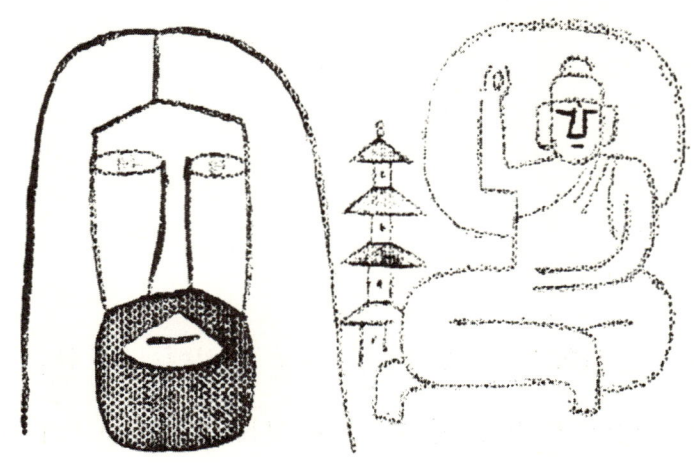

다. 연꽃 위에 앉아 있는 부처와 십자가에 못박혀 있는 예수
는 각기 동양인의 염불의 대상이 되고 서양인의 기도의 대
상이 되어 있다.

　언제나 어린아기 같은 토실토실한 미소를 감추지 못하는
불상과, 손과 발에 못이 박혀 축 늘어진 채 피흘리는 예수는
너무나 대조적인 두 개의 인간상을 표상한다. 한없이 평화
로운 부처에 반해 십자가의 예수는 너무나도 비극적이다.
다리를 접고 편안한 자세로 앉아 있는 불상은 한없는 화해
적인 태도와 그럼으로써 보답받는 무한한 삶의 충만감을 상

징한다. 이와 반대로 손과 발에 못박혀 십자가에 매달린 예수의 상은 삶의 극단적 고통을 조형한다. 불교의 입장에서 볼 때 만약 우리가 모든 것이 하나라는 것과 무상하다는 것을 깨닫게 된다면 지금까지 고행으로만 보였던 삶은 어떤 상황에서든지 지락至樂이 될 수도 있다. 죽음마저도 무상한 우주현상의 한 순간으로 이해될 때 기쁨으로 받아들일 수 있다. 모든 순간 모든 상황이 '니르바나', 즉 열반이다. 이와 반대로 기독교의 입장에서 볼 때, 고통스러운 이 삶은 전락轉落을 의미하며, 그러한 상황은 반드시 극복되어야 한다.

누구나 체험하는 삶의 고통에 대한 원인을 불교에서는 우리들의 무상한 우주적 원리에 대한 무지와 그런 무지가 자아내는 우리들의 욕망 속에서 찾아낸다면, 기독교에서는 그 원인을 죄에서 캐낸다. 같은 문제에 대한 불교와 기독교의 다른 해석은 각기 서로 다른 해결을 제안한다. 불교에서는 우리들의 태도를 바꿈으로써, 해탈함으로써 문제가 풀리고 기독교에서는 속죄를 거쳐 다른 세계에로 떠남으로써 더 큰 욕망에 의해 구원된다.

삶의 상황에 대한 두 가지 다른 관점은 두 가지 다른 태도를 결정한다. 부처의 자비로운 웃음은 무기력에 가까운 평화로운 자세를, 예수의 피묻은 십자가는 극렬한 의지의 전투성을 드러낸다. 십자가의 예수에서 젊음의 뜨거운 생명력을 느낀다면 연꽃 위에 앉은 부처에서는 원숙한 중년의 조용하면서도 깊은 지혜에 접한다. 이러한 나의 감수성이 내가 이미 젊지 않다든지, 내가 동양인이라는 것만으로 설명될 수는 없을 것 같다.

오늘날의 물리학, 천문학은 부처의 성숙성을 더욱 드러내고 있다.

지혜와 지식

플라톤에 있어서의 궁극적 문제는 '진리'에 도달하는 데 있었고, 아리스토텔레스에 있어서의 철학적 문제는 모든 현상의 '인과적 요인'을 밝혀내는 데 있었다. 이와 반해서 노자의 중심개념은 '도道'이며 공자사상의 핵심은 '인仁'이라는 개념으로 요약된다.

'진리'와 '원인'이 객관적 사물현상이라는 존재에 해당되는 말인 데 비해서 '인'이나 '도'는 근본적으로 인간이 살아가야 할 태도를 두고 하는 말이다. 노자의 '도'가 존재를 가리키는 개념이기도 하지만 그것은 무엇보다도 인간이 취해야 할 근본적인 자세를 밝히려 한 것이다. 사람이 옳게 살아가야 할 '길'인 것이다. '인'이 인간이 갖추어야 할 태도의 내용을 가리킨다면 '도'는 그러한 태도의 형식을 두고 말하는 것으로 풀이된다.

진리나 원인은 사물현상에 대한 객관적인 사실을 밝히는 것을 두고 말하는 것으로 그것은 어디까지나 순수한 지적, 즉 인식의 문제이다. 관조적으로 사물현상을 알아내고, 밝혀내는 문제이다. 반면에 인과 도는 주체로서의 우리들이 어떻게 살아가야 하는 문제, 즉 실천의 문제이다. 노자와 공자가 동양사상의 뿌리이며 플라톤과 아리스토텔레스가 서양사상의 초석이라면 지적인 것과 실천적인 것은 각기 서양사상과 동양사상의 특성을 나타낸다고 할 것이다. 한편으로 서양철학의 근본적이고 줄기찬 추구는 어떻게 사물현상의 진리를 밝혀내느냐는 데 있었다. 그것은 데카르트나 후설에 있어서 확고부동한 자명성自明性으로 보장된 앎의 기초를 세우는 문제가 그들 철학의 시종된 문제였다. 또 한편으로 동양사상의 근본적인 문제는 어떻게 행동하며 살아가는 것이 가장 옳은 것인가를 따지는 데 있었다. 주자朱子, 퇴계退溪, 다산茶山의 사상이 바로 그러한 문제를 내용으로 하고 있다.

이론적 앎을 지식이라 부르고 실천적 앎을 지혜라고 부른다면 서양의 사고가 지식에 초점을 두고 동양의 사고가 지혜에 집중하고 있다 할 것이다. 지식과 지혜는 서로 다르다. 세상이 어떻다는 사실을 아는 문제와 그런 세상에서 어떻게 살아가야 하는가를 아는 문제와는 일치하지 않는다. 그러나 지식과 지혜가 반드시 서로 대립되거나 대치되는 것은 아니다. 사실을 잘 앎으로써 우리는 사실에 맞는 적절한 행동을 할 수 있으며, 옳은 삶을 살게 도와 주게 될 때에 사실에 대한 지식은 비로소 그 참뜻을 갖는다.

그러나 지식의 선행성을 강조한 서양은 이른바 과학적 문화를 창조했다. 최근 보이즈 호 등에 의한 우주에 대한 해명, 기적에 가까운, 아니 신에 가까운 지적 빛은 역시 서양이, 즉 지식이 낳은 결실이라고 밖에 말할 수 없다. 지식은 비단 순수한 빛을 비쳐줄 뿐만 아니라 그것이 낳은 기술에 의해 인간의 생활이 전에는 상상할 수 없었을 정도로 윤택해졌음을 부정할 수 없다. 동양은 서양의 과학을 따라가고 그것의 이득을 나누어 갖기 시작했다. 그러나 지식은, 과학은, 그리고 과학적 기술과 생산품은 그것을 어떻게 사용하느냐를 늘 다시금 생각하지 않으면 안 된다. 이것은 역시 지식의 기능이 아니라 지혜의 역할이다.

18 마음의 평화가 없다면 우주를 정복해서 무엇하나? 이와

같은 의문은 전혀 뜻이 없는 것일까?

사색과 사고

   흔히 서양문화는 물질적이고 동양문화는 정신적이라고
이야기한다. 우리 동양인들에게는 동양사상이 서양사상보
다 깊이가 있는 것으로 믿고자 하는 경향이 있다. 정신적이
라는 것과 깊이가 있다는 생각들 사이에는 서로 깊은 관계
가 있는 것으로 생각된다. 정신적이니까 깊이가 있다는 것
이다. 과연 동양문화는 보다 정신적인가? 과연 동양사상은
보다 심오한가?

   서양문화를 물질적이라고 보는 이유는 서양이 동양보다
먼저 물질적인 풍요를 이룩했다는 사실에 기인하며, 동양이
정신적이라 생각되는 이유는 상대적으로 물질적인 빈곤을
견디어 왔다는 사실에 근거하는 듯싶다. 근래에 와서 일본
과 같은 나라는 물질적으로 어느 서구사회에 못지 않게 풍

요하다. 그러나 따지고 보면 이러한 풍요는 서양적인 것의
모방에 바탕을 두고 있으니 만큼 역시 물질적 풍요는 서양
적인 것이라 할 수 있다. 물질적 풍요가 정신의 빈곤을 의
미한다면 오늘의 일본은 물론 한국 같은 사회도 정신적이
라기보다는 물질적이라 할 수 있다. 사실 근대화, 즉 서양
화 이전의 동양은 서양에 비해 적어도 가시적인 문화의 차
원에서는 빈약했다. 이집트의 '피라미드', 희랍의 '파르테
논', 로마제국의 '로마', 가까이는 '파리', '런던' 그리고 수
많은 서양도시들의 성당들의 규모, 견고성, 장엄함에 우리
는 압도감을 느끼지 않을 수 없다. 서양은 창세기가 지시한

대로 자연을 굴복시켜 자기 것으로 소유해 버렸다.

　이와 같은 인간의 승리가 과연 물질적이라고만 할 수 있는가? 서양인들이 물질적인 욕망이 강해서 이러한 문화를 만들었으며, 동양인들은 물질적인 풍요가 싫어서 초가삼간에 안주하고 있었던가? 어찌하여 노자의 『도덕경』이나 공자의 『논어』가 플라톤의 『대화록』이나 아리스토텔레스의 『니코마키안 논리학』보다 깊은 내용을 담았다고 할 수 있겠는가? 어째서 셰익스피어의 『햄릿』이 『춘향전』보다 얕은 사상을 담았다고 할 수 있겠는가? 데카르트의 『방법론서설』, 칸트의 『순수이성비판』, 헤겔의 『정신현상학』, 후설의 『논리학적 탐색』, 갈릴레오, 뉴튼, 아인슈타인의 물리학적 이론을 창조한 사상이 위와 같은 것에 비교될 만한 것을 전혀 낳지 못한 정신보다 깊이가 없다면 그런 뜻에서의 '깊이'란 도대체 무엇을 의미하는 것일까?

　동서문화의 구별은 정신과 물질, 천박성과 심오성이라는 관계에서보다는 사색과 사고라는 개념들로 보다 적절히 설명된다. 사색이 삶의 심적 충족을 추구하는 태도라면 사고는 지적 만족을 기하는 입장이다. 후자를 물질적, 혹은 깊이가 없다라는 판단은 '물질' 혹은 '정신의 깊이'라는 개념을 잘못 쓰는 오류, 이른바 '범주적 오류'를 범하는 데서 생겨난 것이다. 아니면 자존심을 잃지 않으려는 욕심에서 발생한 판단인지도 모른다. 우리들의 사색의 깊이를 의식하고 싶다면 우리는 동시에 서양인의 사고의 깊이도 인정해 주어야 한다. 그럴 때에 비로소 우리의 사색은 보다 더 높은 차원에 이를 수 있다.

소요逍遙와 권력權力

　　인생의 의미는 무엇인가? 삶을 조금이라도 반성하게 될
때 우리는 위와 같은 질문에 부딪히게 된다. 이 물음은 삶의
궁극적 가치에 대한 질문이다. 이런 질문에 대한 답을 갖는
것은 중요하다.

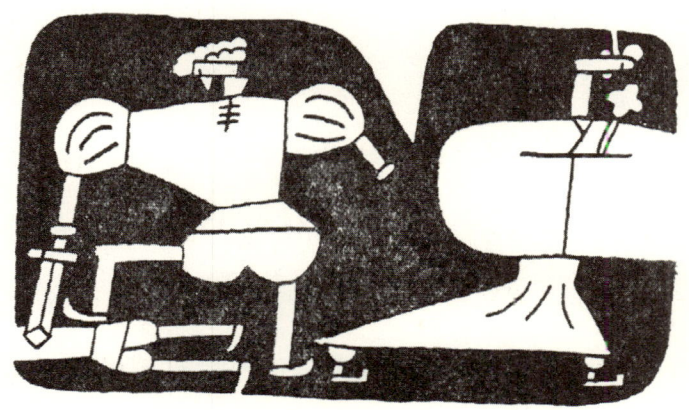

왜냐하면 그것은 우리들의 삶에 방향을 잡아주고 하나 하나의 행동에 의미를 부여하기 때문이다. 뒤집어 말해서 위와 같은 질문에 대한 대답에 따라 한 사람의 혹은 한 문화의 성격이 드러난다.

동양과 서양은 각기 어떤 대답을 하고 있는가? 니체가 말하는 '권력'이란 개념과 장자가 말하는 '소요逍遙'라는 개념은 각기 서양과 동양의 대답이라고 볼 수 있다. 얼핏 생각하면 니체나 장자가 각기 서양과 동양의 가치관을 대표할 수 있을 것 같지 않다. 오히려 그들은 각기 서양과 동양의 지배적 사상의 이단자라고 볼 수 있다. 니체는 서양의 가치관을 지배한 기독교의 철저한 비판자였고, 노자와 더불어 장자는 중국을 지배해 온 유교사상과 대립되는 입장에 있었기 때문이다.

그러나 좀더 생각하면 삶의 궁극적 가치에 대한 관점에서는 한편으로 기독교와 니체의 사상, 또 다른 한편으로 장자와 유교가 근본적으로 다를 바 없다. 이곳에서의 삶을 전락轉落으로 보고 우리 모두가 짓지도 않은 원죄로 벌을 받아야 한다는 기독교는 속죄를 통해 천당에 가는 준비의 댓가로 우리에게 고난을 요구한다. 따라서 삶은 노력, 긴장, 땀을 흘리는 데서 그 가치가 찾아진다.

결국 그것은 '힘', 즉 니체가 말하는 '권력'이다. 즉 니체가 기독교를 부정하면서도 삶의 보람을 삶 자체, 그냥 살아가는 자체 속에서 찾는 데 만족하지 못하고 극히 도전적인 개념인 '권력', 즉 힘의 행사에서 찾았다는 사실은 그가 기독교에 내포되고 있는 지향적인 인생관, 즉 인생을 그 자체 목적으로 보지 않고 딴 목적을 위한 수단으로 보는 인생관을 탈피하지 못함을 입증한다.

또한 노자나 장자가 유교 속에 내포되고 있는 사회의 제도적 혹은 윤리의 규범적 필요성을 부정하긴 하지만 유교의 삶의 최고의 가치, 즉 '인'이나 '선'에 입각한 행복을 부정하는 것은 아니다.

노자와 공자의 갈등은 오로지 수단에 관한 의견에서만 생긴다. 유교의 '인'이나 혹은 '선'은 삶의 정적靜的 정서를 의미하는 점에서 장자에 있어서의 '소요'의 개념과 일치한다.

권력은 언제나 도전적이며, 그것의 가치는 필연적으로 도구적이게 된다. 자연을, 이웃을, 어떤 지적 문제를 정복하고 지배하는 데 '권력'은 의미를 갖는다. 따라서 '권력'이 삶의 궁극적 가치라면 삶 자체에는 궁극적 가치가 없다.

삶은 그것 자체가 아닌 무엇인가의 수단으로 전락된다. 이와 반대로 '소요'는 평화적이며, 그것의 가치는 언제나 내재적이다.

자연, 이웃, 고통의 정복, 즉 '권력'도 그 자체로는 아무 의미가 없다. '권력'의 가치관은 주객의 전도, 목적과 수단의 전도에서 빚어진 결과이다.

만일 우리들의 마음이 편안치 않다면 우주를 정복한들 무슨 소용이 있겠는가. 항상 긴장을 요구하는 '권력'은 삶의 궁극적 가치가 될 수 없다. 삶 자체, 그것의 즐거움 외에 무엇이 더 큰 가치일 수 있겠는가? 여기서 '소요'가 보다 성숙하고 차원 높은 가치임을 새삼 깨닫게 된다.

예술의 기능이 어떤 사물현상을 표상한다는 점에서는 과
학과 같다고 해도 예술적 표상이 표상하는 사람의 주체성
혹은 태도를 떠날 수가 없다는 점에서 예술은 과학과 크게
다르다. 예술에 나타난 동양과 서양의 사람됨의 차이는 가
장 직접적인 표상의 형태를 가진 회화에서 두드러지게 드러
난다.

동양화와 서양화의 차이는 주제의 면에서, 형식의 면에
서, 자료의 면에서 그리고 창작과정의 면에서 판이하다. 동
양화의 전형적인 주제가 산수라면 서양화의 전통적인 주제
는 인물이다. 동양화의 형식이 자연적이라면 서양화의 형식
은 인위적이라 말할 수 있고, 동양화의 자료가 묵화墨畵의
단일성에 있다면 서양화의 그것은 유화의 다양성에 있다.

동양화의 창작과정이 결단적이라면 서양화의 창작과정은 반복적이다.

산수를 주제로 하는 동양화는 장엄한 자연에 대한 깊은 감동과 공경의 태도를 나타낸다. 기암절벽 밑으로 흐르는 계곡을 배경으로 하는 웅장한 산에 비해서 그것을 찬양하는 선비의 작은 모습은 크게 대조적이다. 그것은 자연과 인간과의 관점을 표현한다. 인간은 자연의 작은 일부에 지나지 않는다. 위대한 자연과의 이러한 관계 속에서 우리들은 삶의 본질에 접근할 수 있다. 이에 반해서 인물을 주제로 하는 서양화의 세계는 우주를 인간중심적인 사고로 바라본다.

그곳에는 사실상 자연이 없다. 설사 자연이 있다 해도 인간의 눈으로 본 자연에 불과하거나 아니면 인간화된 자연이다. 보이는 것, 두드러지게 드러나는 것은 인간, 특히 육체적으로 포만한 인간이다. 서양화는 인간의 '나르시즘'의 구체적인 표현이다. 희랍조각의 나상이나 르네상스의 풍만한 여인들의 초상화를 기억하면 이러한 사실은 충분히 수긍된다.

동서에 있어서 자연중심적인 생각과 인간중심적인 사고는 회화의 형식의 차이에도 반영된다. 동양화의 형식은 자연을 자연스럽게 있는 그대로 나타내는 데 있다. 그와 같이 그려진 하나의 족자는 역시 자연스럽게 벽에 걸려 있게 마련이다. 이에 대조해서 서양화의 형식은 인간이 인위적으로 만든 기하학적 질서에 가깝다.

동서 회화의 위와 같은 차이는 동양화에 있어서의 '먹'이라는 재료의 담백한 단일성과 서양화에 있어서의 다양하고 화려한 유화의 재료에도 논리적 관련을 맺고 있으며, 또 한편으로 덧칠을 용납하지 않는 동양화법의 절대성과 오히려 몇 번이고 덧칠을 하는 과정이 타당한 서양화법의 상대성으로 각기 다른 구조적인 고리를 맺고 있다.

　　이와 같이 하여 동서의 회화는 동양인과 서양인이 어떤 대상을 파악하는 데 있어서 각기 직관적 진리와 체계적 진리, 종합적 진리와 분석적 진리를 추구함을 반증한다. 이러한 동양화와 서양화의 차이는, 한편으로 자연 그리고 우주 전체와의 궁극적 화해와 조화를 찾으려는 동양의 사상과 또 다른 한편으로는 자연 그리고 우주를 자신의 의지에 굴복시켜 지배하려는 서양의 사상을 입증하기도 한다.

존대말과 반말

영어 · 불어와 같은 인도유럽계 언어와 한국어나 일본어
와 같은 우랄알타이계 언어의 중요한 다른 점 하나는 전자
에 비해 후자에는 존대말이 무척 발달되었다는 사실이다.
특수한 한두 경우를 제외하고 전자의 경우 대화는 상대자의
직위, 연령, 계급, 촌수 같은 상황과는 아무런 상관 없이 언
어의 표현형식은 변하지 않는다. 우리의 관점에서 볼 때 이
들의 대화는 반말의 형태를 띠고 있다.

이에 반해서 일본어 특히 우리말은 전혀 사정이 다르다.
동사는 말할 나위도 없고 주어, 보어에 이르기까지 미묘한
변화를 요구한다. 내가 나의 상대자에게 반말을 쓰느냐 혹
은 존대말을 쓰느냐에 따라, 또 어떤 종류의 존대말을 쓰느
냐에 따라 내가 보는 그의 사회적 위치나 연륜을 나타낸다.

언어와 사고 사이에 일방적인 인과적 결정론을 주장할 수는 없는 것 같다. 그렇지만 사고가 언어에 대한 보다 우선적인 인과관계를 가진다고 보는 것이 보다 타당한 것으로 믿어진다. 그렇다면 한 언어의 형식은 그 말을 사용하는 사람들의 의식구조를 반영한다고 보아야 한다. 이와 같이 볼 때 반어적半語的 언어와 경어敬語가 발달된 언어는 각기 인간관계에 대한, 나아가서는 인간관에 대한 태도를 반영한다.

반어의 사용은 사람들의 수평적 관계를 뜻하며 그것은 평등사상을 전제로 하고 민주주의 정치제도를 용이하게 한다. 이와 반대로 존대말의 발달은 수직적 관계를 강조하며 계급의식을 강조하고 권위주의 정치제도를 가능케 한다.

서로 다른 인간관계는 그에 앞서 서로 다른 인간에 대한 관점을 바탕으로 한다. 반말과 존대말은 각기 수평적인 것과 수직적 관점을, 평등사상과 계급사상을 나타내고 그것은 또한 각기 민주주의이거나 전체주의적 정치사상으로 발전될 수 있다. 수평적 차원에서 모든 인간을 평등한 것으로 본다는 것은 하나의 인간을 자유로운 인격적 개인으로 본다는 것이며, 모든 인간이 수직적 차원에서 일정한 계급에 소속된 것으로 본다는 것은 하나의 인간이 우선 사회적 제도에 의한 사회적 기능으로 간주하고 있음을 의기한다.

문화란 자연과는 다른 질서를 뜻한다. 자연의 질서가 자연적으로 존재하는 인과법칙에 의해 설명된다면 문화의 질서는 인위적으로 만들어 낸 규범들에 의해서만 이해된다. 반말과 존대말은 두 가지 서로 다른 문화적, 보다 구체적으로 말해서 사회적 질서를 나타낸다. 사회적으로, 혈연적으로, 연령적으로 존대말을 써야 할 이에게 반말을 아무렇지 않게 쓰는 서양인들을 우리 선조들은 짐승과 다름없는 존재로 보아왔다. 그러나 '사회적 질서'가 오직 존대말의 발달에만 힘써 온 사람들이 생각했던 것만이 아니라면, 반말을 사용하는 언어로 사는 사람들의 '사회적 질서'도 가능하다 할 수 있다. 오직 동양인만이 질서를 갖는 문화인은 아닐 것이다. 미묘하고 때로는 혼란스러운 반말과 존대말을 선택하고, 가지가지 존대말을 재어봐야 하는 복잡성과 괴로움에 풀 수 없는 갈등을 느껴보지 않은 한국인이 몇이나 될 것인가? 존대말을 쓴다고 해서 반드시 존대하는 것은 아니다.

젓가락과 포크

필체는 한 개인이 쓴 모든 글씨 속에서 가려낼 수 있는 일종의 '패턴' 혹은 구조이다. 필체는 그 사람의 일정한 성격 혹은 심미적 태도를 반영한다고 볼 수 있다. 필체와 개별적인 글씨와의 관계를 모든 인간 행위, 문화의 영역에 확장해서 밝혀내려는 방법론이 최근 많이 얘기 되고 있는 구조주의이다. 한 사람의 필체가 그가 쓰는 모든 글씨에 반영되듯, 한 문화의 성격은 그 문화의 모든 형태 속에서 다 같이 반영된다고 전제할 수 있다. 여러 가지 예절, 음식차림, 옷차림, 인사법 등이 문화의 구체적이고 현상적인 차원을 의미한다면 그러한 예법들은 우연한 자연적 사건이 아니라 필연적으로 그 문화의 성격을 반영하고 의미한다.

식사의 관점에서 서양과 동양의 차이 중의 하나는 그때

사용하는 '포크'와 '젓가락'과의 관계에서 대조된다. 서양식 식탁 위에 '나이프'와 나란히 놓여 있는 포크가 강렬한 잔인성, 야만성을 상징한다면 나지막한 밥상에 숟가락과 나란히 놓여 있는 젓가락은 포크에 비해 온순성, 유순성을 상상케 한다.

피가 붉게 배어나는 '스테이크' 살덩어리를 포크로 꽉 찍고 바른손의 나이프로 그것을 썰어 입에 넣는 장면은 보기만 해도 동물적인 푸짐한 쾌감을 느끼게 한다. 이에 반해 잘게 썬 불고기 혹은 계란에 붙인 전조각들을 가느다란 젓가락으로 집어 입에 대는 선비의 모습은 먹음의 절실하고 엄청난 쾌감을 자극한다기보다는 그저 알뜰하고 조용하고 맛있어 보인다.

서양영화에서 간혹 기사들이 야영하면서 돼지나 야생동물을 잡아 통째로 구워놓은 다음 시퍼런 칼로 썩썩 베어 먹는 장면을 보게 된다. 그러한 장면이 자극하는 느낌은 물론 살벌한 야성이다. 그러나 그것이 동시에 풍성함, 힘, 성적자극, 강렬한 생명감을 자아낸다 해도 지나치게 병적인 감수성이라고만 반박할 수 없을 것이다.

이에 반해 책상다리를 하고 앉아 원래의 모습이라고는 전혀 찾아 볼 수 없게 다독거려진 불고기 한 젓가락, 물렁물렁 시들도록 삶은 시금치 혹은 콩나물 한 젓가락이 소리 없이 상에서 입으로 오락가락하는 장면은 식사가 절실한 본능을 충족시키는 동물적 행위라기보다는 하나의 조용하고 차분한 의식이란 느낌만을 준다.

임어당林語堂은 서양의 포크와 동양의 젓가락을 비교하면서 식탁법에서 본 동양문화의 우위성을 주장하고 있다. 그것은 서양인의 야만성과 동양인의 문화성의 표현으로 해석할 수 있다는 것이다. 임어당의 설명이 설득력을 가질 수 있을지는 의문스럽다. 그의 이론은 야만성, 문화성을 어떻게 설명하느냐에 달려 있다. 그러나 좌우간 식탁을 놓고 서양의 포크와 동양의 젓가락은 두 문화의 특성을 상징하는 하나의 현상임은 틀림없을 것 같다. 그것은 자연과의 관계에 있어서 적어도 각기 서양인의 강렬한 적극성, 도전성 또는 동물성 그리고 동양인의 소극성, 온순성 또는 식물성을 예중하는 듯하다.

　도산서원을 보면 몽테뉴 성이 떠오른다. 베르사이유 궁전을 구경하고 나면 비원의 고궁이 연상된다. 늠름한 산중 짙은 숲속에 질서를 갖춘 해인사에서 얻는 엄숙한 경험은 착잡한 세계적 대도시 한복판에 우뚝 선 파리의 노트르담 성당에서 체험했던 장엄성을 다시 불러일으킨다.

　한편으로 도산서원, 비원의 고궁, 해인사 또 다른 한편으로 몽테뉴 성, 베르사이유 궁전, 파리의 노트르담 성당은 각기 위대한 지성을 상징하는 학자의 주택으로서, 한 국가의 최고 권력을 상징하는 제왕의 전당으로서, 한 문화의 가장 궁극적 정신의 지향과 구조를 의미하는 종교의 신전을 대표한다. 이것들은 각기 한편으로 동양건축의 전형을 보여주고 또 다른 한편으로는 서양건축의 전형을 드러낸다. 이

렇게 나타난 동양과 서양의 건축의 가장 두드러진 차이는
전자가 목조인 데 반해서 후자가 석조라는 데 있다. 이러한
동서의 특징은 비단 개별적인 건물을 떠나서도 입증된다.
천년이 넘은 도시 로마와 경주를 비교해 보자. 한편으로 아
테네, 카이로, 파리와 또 한편으로 북경, 부여, 교토를 비교
고찰해 봐도 여실하다.

온 대도시가 돌로 싸인 아테네, 로마, 파리에서 엄청난 견
고성을 느낀다면 온 도시가 나무로 싸이고 엮인 북경, 경주,
교토에선 무상한 시간성을 체험한다. 몽테뉴 성, 베르사이
유 궁전, 파리의 노트르담 성당에서 인간의 힘에 대한 전율

에 가까운 압도감을 느낄 수 있다면, 도산서원, 비원의 고궁, 해인사에서는 장엄한 자연에 대한 엄숙성을 직감한다. 그것은 각기 인간의 강인성과 순응성, 풍요함과 빈약함으로도 표현된다.

석조와 목조는 각기 자연을 정복하려는 의지와 자연과 조화를 찾으려는 태도를 상징한다. 그것들은 또한 각기 조직적이고 체계적인 지적 사고력과 직관적이고 융화성인 감성적 사색력을 의미한다. 강인한 의지와 수학적 사고력이 없었던들 베르사이유 궁전이 기하학적 설계에 따라 만들어질 수 없었으며 노트르담 성당이 높이 설 수 없었을 것이다. 만일 자연과의 화해를 갈구하는 감수성에 뒷받침되지 않았던들 도산서원은 안동 복판에 있었을 것이며 해인사는 자연의 장엄한 미를 표현해 주지 못했을 것이다.

석조에서 늠름한 미학을 실현했다면 목조는 아담한 미학을 구현한다. 전자가 인간의 오만심과 인간중심적인 사상을 입증한다면 후자는 인간의 겸허심과 자연중심적인 이념을 반영한다. 전자가 외향적 성격을 표상한다면 후자는 내향적 성격을 표현한다.

목조木造와 석조石造

건축에서 나타난 동양과 서양의 차이는 양 문화권의 정신적 자세를 가장 근본적이면서도 포괄적으로 집약해 주는 두 개의 종교, 기독교와 불교의 구조와도 연관된다. 높게 솟은 견고한 석조가 수직적인 영원성을 지향하는 기독교와 연결되며 납작히 앉아 시간에 거역 않는 목조는 윤회적 순간성에서 구원을 해탈하는 불교와 어울린다. 목조와 석조가 한편으로 가난, 빈약함, 무능력을, 다른 한편으로는 부귀, 강인함, 유능함만을 반드시 의미하지는 않을 것이다.

무와 유

유有라는 개념이 서양사상의 핵심이라면 무無라는 개념은 동양사상의 바탕이 된다.

유는 서양철학에서 줄기찬 '존재론'으로, 무는 예를 들어 '색즉시공色卽是空, 공즉시색空卽是色'이란 불교적 명제로 나타난다. 실상 파르메니디스, 플라톤, 헤겔, 하이데거, 사르트르, 콰인에 이르는 서양철학자들 가운데서 우리는 항상 '있음', 즉 유에 대한 문제가 튀어나옴을 안다. 그와는 달리 힌두교, 불교, 노자, 장자 등에서는 언제나 무가 궁극적 탐구의 대상으로서 나타난다. 철학의 목적은 한편으로 유를 밝혀내는 데 있으며 또 한편으로 무를 이해하는 데 있다.

도대체 유나 무란 무엇이며 그것을 밝혀내거나 이해한다는 말은 무슨 뜻인가?

유라는 개념과 무라는 개념은 흔히 논리적인 뜻을 가질 뿐이다. 'X는 있다有' 혹은 'Y는 없다無'할 때 유와 무는 각기 한 명제에 대한 긍정과 부정이라는 논리적 기능을 한다. 그러나 동과 서의 철학적인 뜻에서 유와 무는 논리적인 의미가 아니라 존재론적인 뜻을 갖는다. 그것들은 각기 존재의 성질에 대한 개념이다.

서양의 입장에서 볼 때 존재하는 것은 '있다'라는 주장이 되겠고, 동양의 입장에서 생각할 때 존재하는 것은 '없다'라는 뜻이 되겠다. 그러나 전자의 경우 '존재하는 것은 있다'라는 말은 하나의 동어반복 즉 토틀러지로서 아무런 뜻도 없고, 후자의 경우 '있는 것은 없다'라는 말은 모순된 명제이기에 말에 지나지 않는다. 이와 같이 해석할 때 '무'와 '유'로 나타나는 동서의 사상은 심오하기는커녕 다같이 넌센스일 뿐이다. 만약 '유'와 '무'의 사상이 그래도 어떤 뜻을 갖고 있다면 그것들은 각기 위와 같이 피상적인 뜻이 아닌 다른 뜻을 갖고 있어야 할 것이다.

'유'란 것, 즉 있는 것이란 사물현상을 지칭함에 지나지 않는다면 그것들은 언제나 다른 것들과 구별됨으로써만 지

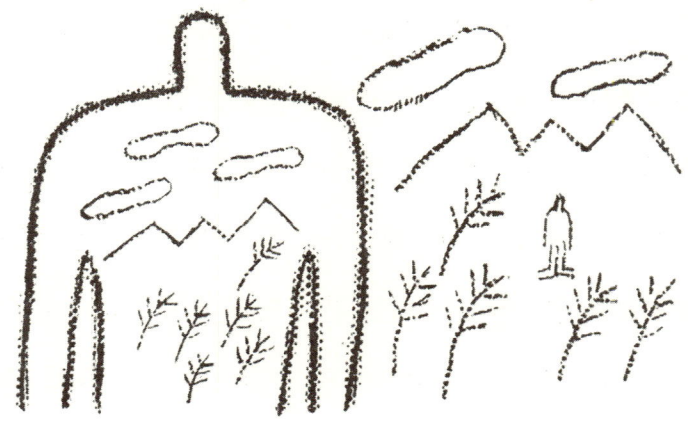

각되고 인식된다. 있는 것 일반, 즉 모든 사물현상을 포괄하는 전체의 지각이나 인식의 대상이 될 수 없고 오로지 개별적인 사물현상을 인식하는 틀이 될 뿐이다. 있는 것, 세계를 대할 때 그것을 구성하는 개별적인 사물들에 그리고 그 사물들 하나하나의 특성에 초점을 두고 대할 때 존재하는 것은 '유'한 것, 즉 있는 것이라는 관점이 서게 된다. 이와 반대로 모든 개별적인 사물의 특성에서 관심을 돌려 그것을 포괄하는 개념으로서의 세계 전체라는 관점에서 볼 때 개별적인 사물들은 전체 속에서 해소되어 '무'한 것, 즉 없다는 결론이 유출된다.

이처럼 '유'와 '무'로 나타나는 서양과 동양의 사상은 각기 서양인과 동양인의 사물에 대한 근본적인 정신적 태도 혹은 사물에 대한 접근의 구조적 차이를 반영한다. '유'는 사물현상들을 분석적으로 접하여 그것들의 개별적 차이와 관계에 초점을 두는 사고형태를, '무'는 같은 사물현상들을 종합적으로 접근하여 그것들 간의 전체적 공통성과 무차별성에 주의를 쏟는 의식구조를 각기 나타낸다. 이렇게 서로 다른 동서의 의식구조는 한편으로 서양에서의 수학 및 과학의 발달로, 다른 한편으로 동양에서의 문학적 및 예술적 세계관에의 유혹으로 구현된다. 유와 무는 단 하나의 존재에 대한 두 가지 서로 다른 그러나 모순되지 않는 관점을 말할 뿐이다.

상황과 원칙

내가 검사라면 아버지의 범죄를 숨겨서 옳은가? 내가 목사라면 배가 부른 미혼의 딸을 지옥으로 몰아내야 하는가?

우리들은 누구나 이와 유사한 도덕적 결단을 개인적 차원에서 그리고 또 사회적인 입장에서 항상 내려야만 한다. 이러한 결단을 내리는 데 길잡이가 될 수 있는 손쉬운 원리를 찾아내고 싶어함은 당연하다. 그렇기 때문에 가장 총괄적이고 근본적인 정신적 체계로 볼 수 있는 종교철학들이 언제나 도덕적인 문제를 떠날 수 없었다는 사실, 그리고 도덕적인 가르침을 제시하고 있다는 사실은 우연하지 않다.

노장사상, 유교, 기독교, 불교 등이 사실상 서로 다른 도덕적 가르침이며, 서양철학사를 통해 도덕적 문제는 진리의 문제와 나란히 가장 핵심적인 것이 되어 왔다.

도덕적 문제의 요지는 도덕적 판단과 결단의 기준을 찾아내는 데 있다. 이런 문제에 대해서 동양과 서양은 서로 다른가? 그렇다면 그 다른 점은 어디에 있는가?

서양철학에서 도덕적 판단의 기준에 대한 이론은 크게 두 가지 서로 대립되는 도의주의와 실용주의로 갈라진다. 어떤 종류의 행위 혹은 어떤 종류의 태도는 무조건 도덕적으로 옳으면 옳고 그릇되면 그릇되다고 믿을 때 도의주의를 주장하게 되고, 한 행위 혹은 태도의 도덕적 선악은 그 행위의 실용성에 비추어서만 판단된다고 우길 때 실용주의자가 된다.

전자는 행위의 원칙을 강조하고 후자는 행위의 결과에 초점을 둔다. 원치 않은 아이를 낙태하는 일이 옳은가, 그른가? 전자의 입장에 설 때 그러한 행위를 규제하는 규범에 따라 결단을 내릴 것이며 후자의 입장을 취할 때 그러한 행위의 결과의 효용성에 비추어 판단이 내려진다. 판단의 기준을 달리 둔다는 점에서 도의주의와 실용주의는 서로 대립되는 철학이다.

그러나 도덕적 결단을 규정하는 일관되고 모든 경우에 보편적으로 적용될 수 있는 원칙을 제시하고자 하는 점에서는 완전히 동일하다. 낙태가 도덕적으로 옳다면 모든 경우 모든 낙태는 도덕적으로 옳고, 죄를 진 사람을 고발해야 한다면 모든 경우 죄진 사람은 고발되어야 한다는 것이다.

그러나 동양의 도덕적 판단은 어떤 보편적 원리를 부정한다. 러셀이 지적하고 찬양한 대로 아버지의 죄를 숨기는 검사의 행위에 보다 도덕성이 있다는 것이다. 도덕적 선악의 판단은 어떤 원칙을 기계적으로 적용해서 내려질 수 있는 것이 아니라 상황에 따라 개별적으로 결정된다. 동양철학이 무엇보다도 도덕적인 성격을 띠고 있으면서도 도덕적 판단의 체계적인 이론 대신 단편적인 경구 혹은 교훈 혹은 개별적인 규범의 제시로만 끝나고 있다는 사실은 우연한 일이 아니다.

원칙을 적용할 때 편함과 일관성에서 오는 쾌감 혹은 합리성이 주는 투명감을 얻을 수 있지만 자칫하면 독단과 비인간적, 따라서 비도덕적인 모순을 낳게 된다. 이와 반면 공자나 맹자를 따라 상황윤리를 따를 때 논리적 갈등, 무질서의 혼란감을 벗어날 수 없지만 보다 인간적이며 따라서 중용과 타협의 미덕을 갖게 된다.

48

아버지의 범죄를 숨길 것인가? 일률적으로 적용될 수 있는 원칙을 찾으려 할 때 합리성이 있으나 도덕적 폭력에 휩쓸릴 위험이 있다면, 개별적 상황에 따른 결단을 내릴 때 무질서에 허위적거리면서도 보다 깊은 도덕적 체험을 할 수 있을지 모른다.

감성과 이성

　다방, 극장 또는 술집에 친구들끼리 몰려가게 되면 주머니에서 나오기 싫어하는 지갑을 뺐다 넣었다 하던 경험을 한국인이면 대개 갖고 있다고 생각된다. 이런 인간관계 속에서 살다가 서양에 가면 하다못해 커피 한 잔을 함께 마시는 경우라도 친구들이 각기 제 몫만을 지불하는 것을 보고 일종의 쇼크를 경험하게 된다. 이런 충격을 가리켜 문화충격 *culture shock*이라고 부른다.

　동양적 사회도덕 혹은 인간관계에서 번번이 혼란과 석연치 않음을 느끼고 따라서 불편을 체험하게 된다. 서양적 사회도덕 혹은 인간관계에서 합리성, 따라서 간편성을 느낀다. 특히 경제적 차원에서 볼 때 전자의 경우 나와 너의 관계가 확실치 않으며 후자의 경우 각 개인 간의 관계가 두드러지게 분명하다. 한편은 내것 네것의 구별이 엉성하고 다른 한편은 그러한 구별이 뚜렷하다. 동양적 입장에서 볼 때 아들이 아버지의 돈을 꾸고 거기에 이자까지 붙여서 갚는다는 것은 일반적으로 상상되지 않는다. 서양의 입장에서 볼 때 그러한 경제적 관계는 당연하다. 무이자 혹은 싼 이자로 아버지로부터 돈을 꿨다면서 자랑스럽게 여기는 프랑스인 혹은 미국인을 종종 만난다.

동양에서의 인간관계가 혼돈과 복잡성을 면치 못한다는 사실에서 비합리적이라 한다면 서양적 인간관계는 그런 관계를 간소화시킨다는 점에서 합리적이다. 내가 쓴 돈을 남이 갚아야 한다는 데에 비합리성이 내포되어 있다면 그와는 반대의 경우에는 논리적으로 합리적이란 개념이 적용될 수 있다.

동양적 인간관계 밑바닥에는 감성의 가치에 대한 중요성이 깔려 있으며 서양에서의 인간관계 밑바닥에는 이성적 사고가 바탕이 되어 있다. 감성은 정을 따라 흐르고 이성은 논리를 좇아 따진다. 정에 의해 움직일 때 인간 간의 관계가 더러는 두루뭉수리가 되어 혼란을 일으키기 쉽고 개인의 독립성이 흐려지게 마련이다. 그러나 이런 관계에서는 그만큼 흐뭇하고 따뜻함을 체험할 수 있다. 이와는 달리 논리를 따져 갈 때 사람 간의 관계가 투명하며 효율적일 수 있고 개성이 그만큼 존중될 수 있다. 그러나 그만큼 인간 간의 관계는 차고 삭막하게 되기 쉽다.

가족 간, 친구 간 혹은 이웃 간의 관계에서 그리고 더 나아가서 한 큰 공동체로서의 국가의 차원에서 모두가 정으로 엮이고 묶여진 뒤엉킴에 때로는 답답함과 어지러운 부조리를 느낀다. 우리는 그러한 혼란에서 빠져나와 뚜렷한 개성을 찾고 논리에 의해 선명한 남과의 관계를 설정하고 싶어진다. 하루라도 빨리 개성이 무시된 가족관계, 친구와의 관계 또는 이웃과의 관계에서 독립된 자신을 확보하고 싶어진다.

그러나 한편 모든 차원에서 인간 간의 관계가 마치 논리적 고식처럼 매어진 투명한 상황에서 우리는 질식감을 느낀다. 한잔의 차값을 따로 내고, 아버지에게 진 빚과 이자를 갚는다는 것이 이성적일지 모르지만 그것은 그만큼 비인간적일 수 있다. 설사 혼돈을 자아내고 비효율적인지 모르지만 참다운 인간의 관계란 바로 그와 같은 정에 의한 관계가

아닐까. 이성이 인간성의 상실을 전제한다면 그러한 이성은
결과적으로 언뜻 비이성으로 변모된다. 어쩌면 인간과의 관
계에 있어서 감성이야말로 참다운 이성의 꽃을 피우게 할지
모른다.

무아와 자아

소크라테스가 '너 자신을 알라' 했을 때 서양의 자아에 대한 의식이 싹트기 시작한다. 자아중심적 영향의 사고는 현대철학의 시조로 알려진 데카르트가 '가장 확실한 존재는 생각하는 자아'라고 확언했을 때 굳어졌다. 이런 사고는 철학에서 코페르니쿠스적 혁명을 성취했다고 믿었던 칸트에서, 더 가까이는 서양철학을 완전히 새로운 기초에서 재조직하려던 현상학자 후설에서 그리고 실존주의철학의 사르트르에서 꾸준히 반복된다.

자아가 서양철학의 뼈대를 이루었다면 무아無我는 동양사상의 피와 살 같은 역할을 한다. 힌두교는 자아의 소멸을 통해서 궁극적 실체에 접합을 보여주려 하였고 불교에 있어서의 해탈은 자아가 하나의 환상에 지나지 않았음을 깨닫게 되는 경지를 의미한다. 노장사상의 핵심적 개념의 하나인 무위란 자아로부터의 해방된 상황으로 해석될 수 있다. 흔히 동양에서 수도란 무아의 상태에 도달하는 훈련이며 역설적으로 무아 속에서 자아는 가장 놀랍고도 위대한 목적을 달성할 수 있고 극치의 충만된 정신적 경지에 이를 수 있다는 것이다.

자아에 초점을 두는 서양적 사고가 구심적求心的이라면 무아에 바탕을 두는 동양적 사색은 원심적遠心的이다. 전자의 경우 자연은 나의 관점에서 나를 중심으로 형성되거나 아니면 인간중심적으로 구축되어 하나의 세계를 이룬다. 이와는 반대로 후자의 경우 나의 세계는 자연 속으로 연장되어 자

연의 입장에서 이해된다.

자아의 세계관은 밑바닥에서 서양의 개인주의 사상, 그리고 보다 포괄적으로 인간이 자연의 주인이라는 기독교적 인간관과 구체적으로 연결되며, 무아의 세계관은 동양의 집단적 사상 그리고 보다 철학적 차원에서는 인간이 자연의 극히 미약한 일부에 지나지 않다는 불교나 도교의 형이상학과 상통한다. 서양인이 볼 때 자연은 각기 나와 그리고 인간의 욕망을 충족시켜 주기 위한 자료로서, 정복과 활용적 도구에 불과하지만 동양인의 시점에서 볼 때 자연은 우리에게 외경심과 아울러 찬미심을 자아내는 대상으로서 압도해 온다.

인간의 욕망 충족의 자료로 보아진 자연은 그 비밀이 분석되고 밝혀진 대로 요리되어 인간 속에 소화되어야 한다. 서양의 지적 탐구심 그리고 그러한 결과로서의 자연과학은 우연한 사건이었다기보다 자아사상과 필연적 관계를 맺고 있다. 찬미와 외경심을 자아내는 자연은 인간이 그것과 조화를 찾고 나아가서는 귀의해야 할 이상으로서 다만 사념과 명상의 대상이다. 동양의 심미적 감수성 그리고 그러한 결과로서의 문학적 문화는 무아사상과 일관성 있게 풀이된다.

　　과학은 분명히 인간의 안위와 행복을 위해 유례 없는 공헌을 하고 있다. 그러나 우리는 21세기의 입구에서 과학이 인간의 궁극적 행복은커녕 어쩌면 파멸의 씨가 될지도 모른다고 의식하기에 이르렀다. 자아사상에 의해서 생겨난 오늘날의 과학이 인간중심적 세계관의 부정, 자아부정의 무아적 형이상학을 입증하게 됐음은 아이러니컬하다.

　　어쩌면 자아사상은 유아적 사고에 속할지도 모른다. 참다운 자아는 겸허한 무아 속에서만 발견되고 진정한 행복은 자아의 환상에서 깨어나 무아의 달관 속에서만 찾아진다.

동양음악과 서양음악

뜨거운 여름날, 마을 앞 아카시아 나무 그늘에 앉아 농부
가 부는 피리소리, 혹은 가을 밝은 달빛 아래 마루턱에 앉아
시골 멋쟁이가 부는 퉁수洞簫소리, 또는 눈이 쌓이는 겨울밤
양반집 사랑에서 울려오는 가야금소리는 한국, 아니면 동양
음악을 상징한다.

거창하고 화려하게 꾸며진 대리석 '심포니 홀'에서 수백
수천 명의 청중을 대한 오케스트라의 요란하고 기교로운 심
포니, 혹은 경쾌하고 기묘하게 두드리는 피아노 소리 또는
수백 명으로 구성된 '코러스'의 우렁찬 소리는 서양음악을
대표한다.

동양음악이 단조롭다면 서양음악은 다양하다. 동양음악
의 단조성은 비인공성을, 서양음악의 다양성은 인공성을 반

영하며 그것은 각기 자연성과 인위성을 반영한다. 아카시아 나무 그늘, 달밤의 마루턱 혹은 사랑방은 자연과 엄격히 단절된 장소가 아니다. 그런 상황에서의 음악은 어떤 집안에 갇혀 있기를 거절하고 자연의 풍경, 환경과 통하게 된다. 이와 달리 대리석으로 꾸며진 심포니 홀, 피아노가 놓여 있는 응접실, 그리고 계획적으로 모아 놓은 코러스단이 선 광장의 계단은 자연과는 분리되어 폐쇄된 공간이다. 동양의 음이 자연과의 연속에서 살아난다면 서양의 음은 자연으로부터 단절된 시간 속에서만 이루어진다. 전자가 자연의 울림이 되고자 한다면 후자는 인간의 주장이 되고자 하는 것이다.

이러한 차이는 동서를 막론하고 가장 핵심적인 악기의 활용에서도 나타난다. 거문고가 근본적으로 발현撥鉉이라면 바이올린은 본질적으로 찰현擦鉉이다. 전자는 튕긴 소리에 초점을 두고 후자는 긋는 소리를 강조한다. 일단 튕긴 소리는 예술가가 이미 통제할 수 없는 그 자체의 자연스러운 소리로 울린다. 이와 달리 그어서 나온 소리는 예술가에 의해서 완전히 통제될 수 있는 예술가가 만든 소리로만 남는다.

음에 있어서도 동서는 각기 자연중심적인 생각과 인간중심적인 사고를 반영한다. 동양인은 자연의 소리에 심취하고 서양인은 인간의 소리에 도취한다. 하나는 어디선가 솟아나는 소리를, 또 하나는 인간에 의해 구성된 소리를 찾는다.

서양음악의 구성, 즉 제작성은 심포니의 악보를 보면 느낄 수 있고 동양의 음악은 그러한 악보의 부재에서도 드러나며 또 다른 각도에서 볼 때 서양에 있어서의 화성학의 발달과 우리 나라에서의 '장단長短'이란 개념으로도 입증된다. 심포니의 악보는 그것의 복잡성, 수학적 정확한 조직성으로 우리를 압도하고, 피리소리, 가야금소리는 그것의 단순하면서도 순수한 청초성으로 우리를 승화시킨다. 화성학의 논리와 조직이 직선성과 구조성, 단적 승리감을 상징한다면 한국에 있어서의 장단은 그것의 직관성과 자연성, 곡선성과 유동성으로 우리에게 정서적 화해감을 불러일으킨다.

표상문자와 표음문자

60

인류가 사용해 왔었고, 사용하고 있는 언어는 수천 개의 종류로 구분될 수 있다 한다. 어째서 그렇게도 서로 다른 많은 언어들이 생겼는가는 아직도 아득한 신비 속에 가려져 있다. 언어학자 '촘스키'는 이처럼 다양한 언어, 따라서 다양한 문법이 있다는 것은 사실이지만 그 밑바닥에는 인류 공통의 언어, 인류 공통의 이른바 심층구조, 보편문법이 있다고 주장한다. 그렇기 때문에 서로 다른 언어의 구조는 상층구조를 나타내며 그러한 구조 간의 차이는 우연적인 것에 불과하다고 풀이한다. 그러나 우리가 구체적으로 쓰고 있는 언어들 간의 차이가 우연적인 결과라 하더라도 그러한 차이는 각기 서로 다른 언어를 사용하고 있는 문화의 성격, 더 나아가서 그 속에 살고 있는 사람들의 어떤 특징을 반영함에는 틀림이 없다.

　모든 언어가 문자화될 때 그것은 표상적表象的이 아니면
표음적表音的인 것일 수밖에 없고, 실제로 오늘날까지 인류
에 의해서 발명된 문자들은 크게 위와 같은 두 가지 범주 속
에 묶일 수 있다. 서양의 문자가 이집트의 상형문자에서 발
단되었다고는 하지만 오늘날 사용되고 있는 인도유럽계 언
어는 표음문자를 쓰고 있다는 데 특징을 두고 있고, 한국에
서의 한글, 일본에서의 가나가 표음어이긴 하지만 중국의
문화권 속에서 동양은 오랫동안 표상어 한자에 의존해 왔었
고 아직도 그러한 문화적 뿌리를 벗어나지 못하고 있다.

　표상문자는 언어를 사물현상의 복사로 전제하고 있으며
표음문자는 언어를 규정적 기호로 전제하고 있다. 지각 특
히 시각을 떠나 사물을 말할 수 없는 이상 사물의 복사가 시
각적인 것이 됨은 당연하다. 하나하나의 한자는 그것이 지
칭하는 사물현상의 시각적 판결이라고 한다. 따라서 표상문
자는 사물현상에 대한 구체성을 강조한다. 이와는 달리 표
음문자는 사물현상에 대한 추상적, 따라서 혹은 개념적 접
근을 의미한다. 사물현상이 음이 아닌 이상, 그것이 음으로

표현되었을 때 자연히 추상적, 개념적이 될 수밖에 없다. 표음문자 알파벳은 그것을 보아도 그것과 자연적인 연관을 가질 아무런 사물현상도 상기시키지 않는다. '鳥'나 '女'라는 문자는 새와 여자를 시각적으로 지각하게 할 수 있을지 모르지만 'Bird'나 'Woman'이란 문자는 각기 그것들이 지칭하는 사물과 시각적으로 아무런 유사성을 지니지 않는다.

지각이 직관의 활동이라면 개념은 논리의 작업이다. 직관은 구체적인 사물과 관계를 맺음은 물론 추상적인 관념과도 연결된다. 구체적인 것은 종합적 판단을 요청하지만 추상적인 것은 분석적 능력을 조장한다. 종합적인 판단이 개연성 속에 머물러 있을 수밖에 없지만 분석적인 판단은 절대성을 요망할 수 있다. 동양적 모든 사고, 사상이 문학적인 차원에서 직관에 호소된다면 서양의 사상들은 극히 과학적이며 체계적이다. 사실, 동양의 태도가 실천적인 데 반해 서양의 태도는 이론적이라는 사실은 우연한 일이 아닐지 모른다.

이러한 점에서 한 사람 혹은 한 문화가 사용하는 언어가 그 사람의 사고, 그 문화의 세계를 결정하고, 극단적으로는 서로 다른 언어를 쓰는 두 사람은 두 개의 서로 다른 세계

에 살고 있다는 언어학자 워프의 주장에는 일리가 있을 수
있다.

동양여자와 서양여자

초생달 같은 눈, 나지막한 코, 저고리에 눌린 가슴, 칠흙
같은 단정한 머리, 명주같이 부드러운 살결이 동양 여인의
특색이라면, 풀어 흐트러진 금발머리, 둥글둥글한 눈, 오똑
한 코, 풍만한 젖가슴, 닭살같이 까칠까칠한 피부는 서양 여
인의 특색이다. 동양의 여인이 단정한 분위기를 자아낸다면
서양의 여자는 극히 육감적이다. 동양의 예술작품에서 옷을
벗은 여인을 찾아볼 수 없지만 서양의 경우에는 희랍의 미
로의 벌거벗은 '비너스'상, 르네상스시대 보티첼리 등에 의
한 거의 옷을 벗은 그림, 고야의 완전 나체의 그림들이 우리
의 육감을 흥분시킨다.

동서 여자들의 생리적 차이가 태도의 차이로 연장되는지
도 모른다. 육체성이 동적이고 정열적인 것으로 표현된다면

비육체성은 정적이며 사색적인 것으로 구현된다. 클레오파트라가 로마 장군들의 가슴을 들뜨게 했다건 양귀비는 당나라 왕족들의 마음을 농락했었다. 삼촌 크레온 왕에 끝까지 반항한 젊은 여인 안티고네가 서양인의 여인에 대한 상상력을 사로잡는다면 가난한 봉사 아버지를 위하여 스스로를 조용히 희생하는 심청은 동양인의 여성에 대한 꿈을 반영한다. 여자와 사랑이 분리되어 생각할 수 없다고 할 때 서양의 사랑이 극렬하다면 동양의 사랑은 알차다. 스승 아벨라르와 제자 엘로이즈의 사랑은 일종의 불륜적 관계이며 그것은 결국 아벨라르의 거세, 즉 이른바 카스트레이션과 마침내는 죽음으로 끝이 나지만 이도령과 춘향의 사랑은 도덕적으로 극히 찬양될 수 있는 관계이며 그것은 마침내 아름다운 사랑의 결말로 열매를 맺는다.

　여자의 육체성이 강조된 서양에서 여자는 언제나 섹스의 이미지를 갖는다. 그것은 서양에서 오늘날 마릴린 몬로가 차지하는 감수성의 중요성 그리고 만연된 섹스 상품화에서 실증된다. 이와는 달리 여자의 도덕성이 강조된 동양에서 여자는 언제나 정숙성을 상징한다. 이러한 사실은 동양에서

여자들이 밖에서는 얼굴을 가려야 했었고, 오늘날에도 여자
의 외도가 남자들의 외도보다 더욱 크나큰 불륜으로 생각되
는 사실에서 재확인된다.

육체는 생명의 땅이며, 생명의 본질은 생동적인 것, 다이
나믹한 것이다. 그러기에 전형적인 서양의 여자에서는 어딘
가 늠름하고, 싱싱한 느낌을 받는다. 도덕적인 것은 부득이
이성적이며 따라서 억압적이지만 그만큼 신뢰감을 지닌다.
그러기에 전형적인 동양의 여성에서 어딘가 고상하고 믿을
만하다는 감을 느끼게 된다.

동서를 막론하고 여자의 사회적 위치는 남성에 비해 종속
적이었다. 그러나 남녀 동등의 입장에서 볼 때 늘씬한 서양
의 여성들은 개인적 차원에서 남자에 대해 동등에 가까운
당당한 자리를 지켜왔다. 남자 앞에서 다리를 꼬고 앉아 당
당하게 맞서 대화할 수 있다. 남편 앞에서 머리를 숙이고 뒷
걸음질하는 서양의 여자를 상상할 수 없다. 정숙한 태도만
이 강요된 동양의 여인은 남녀유별의 차별을 감수해 왔다.
남편과 맞서 싸우는 아내, 남자와의 종속적 관계를 부정하
는 여성은 아직도 동양인의 마음에 거슬린다.

늠름한 서양여인의 육감, 그리고 당당한 태도에 황홀할 수 있지만 조용한 동양여자의 정숙성 그리고 믿음성이 아쉽다. 그러나 동양여성의 차분한 성실성에 지칠 때 서양여자의 아슬아슬한 육감에 눈이 팔릴 수도 있다.

68 사찰과 성당

동양과 서양을 막론하고 인류는 오랜 옛날부터 수많은 종교를 갖고 있었고 현재도 수많은 종교를 믿고 있다. 그래도 동양과 서양의 전형적 종교는 역시 불교와 기독교로 나타난다. 불교와 기독교의 가장 구체적 상징이 여러 형태로 다양하게 나타날 수 있지만 그 중에도 이 두 종교의 전형적인 상징은 각기 사찰과 성당에서 찾아볼 수 있다. 방콕 혹은 티베트와 한국이나 일본에서 그 형태나 그것이 위치한 장소가 일률적으로 같지는 않지만 적어도 우리에게 전형적 사찰은 순천의 송광사나 교토의 용안사 같은 것들이다. 고대와 중세, 지중해의 것과 북구의 것이 동일한 구조를 갖고 있지 않고 모두가 다 같은 공간에 자리잡고 있지는 않지만 오늘날 전형적 성당으로 파리의 노트르담이나 독일 쾰른의 노트르담을 들어도 틀림없다.

사찰은 울창하고 깊은 산 속에 자리잡아 자연적 미와 더불어 조화를 이루고 자연과 문화가 합친 절경을 이룬다. 가장 높은 정신을 상징하는 종교의 전당은 툭적거리는 도시로부터, 마을로부터 이탈된 곳에서만 생각될 수 있고 그런 곳에서 우리는 잠시나마 속세로부터의 초월, 따라서 인간적 차원으로부터 우주의 차원으로 자연 속에 승화된다. 이와 대조해서 성당은 도시 가운데 뿌리를 박고 자연과 구별되는 인간과 문화 속에서만 의미를 갖는다. 그것은 인간으로부터 초월, 자연에로의 복귀를 뜻하기보다는 인간의 더 철저한 주장, 자연에 대한 인간의 군림을 상징한다.

산기슭의 나무들 사이에 납작하게 퍼진 목조 송광사가 그것을 둘러싸고 있는 자연과의 조화를 찾을 뿐만 아니라 자연과 하나가 되고자 하는 겸허한 태도를 나타낸다면 파리 한복판 지붕들 위로 우뚝 솟은 석조의 노트르담 성당은 무한히 높은 곳을 향하여 뻗으려는 인간의 의지와 자신감을 표현한다. 대리석 혹은 석광암이란 돌로 엄청나게 복잡하고 엄밀한 수학적 정확성으로 구축된 유일한 구조로서의 성당

앞에서, 그 속에서의 인간의 기술적·지적 힘에 압도감을 느끼고 인간의 승리를 볼 수 있다면, 나무 혹은 흙을 재료로 써서 자연적 환경과 가락을 맞춰 언덕, 골짜기, 나무 그늘에 흩어진 사찰의 전경을 바라보거나 그 속을 거닐어 보면서 자연적인 것에 대한 인간의 향수와 마침내는 인간이 스스로의 작은 자리를 의식하게 하는 위대한 대자연을 재확인할 수 있다.

포시용이란 프랑스의 미술사가는 건축을 '동결된 음악'이라고 했다. 노트르담의 성당 안에서 그 천정을 바라보면 문득 그것이 하나의 동결된 거대한 심포니라는 생각이 든다. 이와 대조하여 산 언덕에 올라 송광사의 전경을 바라보면 거대한 거문고 가락임을 느끼게 된다.

사찰에서 새벽 산에 울려 퍼지는 목탁소리와 향내 나는 대웅전에서 은은히 들리는 염불소리는 크나큰 가야금과 잘 어울리며, 성당 속에서 울리는 파이프 오르간의 울림과 간간이 수근거리는 기도소리는 웅장한 교향곡으로서의 성당과 자연스럽게 맞아들어 간다.

잔치와 파티

먹을 것도 없이 어떻게 손님을 초청하랴.

우리는 상다리가 부러지게 진수성찬을 차려 놓고서야 손
님을 대접한다. 잔치는 손님을 접대하는 가장 중요한 예절
에 속한다. 남의 집에 초대될 때마다 이런 잔치에 익숙한 우
리는 서양인의 초대장소에서 허술한 음식어 실망뿐만 아니
라 불쾌함을 느낀다. 잔치가 동양적 관념의 소산이라면 칵
테일파티는 서양적 생각의 표현이다. 칵테일파티에 가서 그
시시한 음식에 실망을 넘어 모욕을 느낄 수도 있다.

손님을 부를 때 많이 차려야 한다는 우리의 관습이 여러
가지로 설명될 수 있을 것이다. 아마 가장 근원적인 이유는
우리가 경제적으로 넉넉하지 못했다는 것, 더 구체적이고
직접적으로 말해서 우리의 경제적 생활이 음식을 마음껏 먹

지 못할 정도로 궁핍했다는 사실로 설명될지 모른다. 그러나 손님을 부르려면 잔치를 해야 한다는 우리의 생각은 실속보다는 체면을, 내용보다는 형식을 강조하는 태도로서도 설명될 수 있을 것 같다. 초대된 상대가 잔칫상의 만반진수를 다 맛보지 못할 것을 잘 알고 있고, 손님이 음식에 허기질 만큼 가난하지 않다는 것을 알고 있지만 체면상 가장 맛있고 가장 비싼 음식을 많이 차려 놔야 되는 것이다. 잔치는 손님에게 먹이기 위해서만 차려진 것이 아니다. 그것은 나의 경제력, 나의 상대방에 대한 호의의 밀도를 강조하기 위한 하나의 방편이다.

포도주 한 잔 아니면 칵테일 한 잔을 들고 서성거리며 치즈 한 조각, 비스켓 부스러기 혹은 당근이나 오이쪽을 집어 먹기 마련인 칵테일파티는 푸짐한 잔치에 비하면 쩨쩨하고 싱겁기 한없다. 그러나 칵테일파티는 먹는 것을 위주로 한 것도 아니고 그것을 통해서 주인의 재력이나 우정을 표현하기 위해서보다는 한데 모여 서로 이야기를 나누는 기회에 불과하다. 제대로 먹을 것이 없는 칵테일파티에서 이야기가 잘 돌지 않아 서먹서먹한 경우가 없진 않지만, 진탕 먹고 나서 별로 한 얘기도 없이 떠나는 잔칫집은 어딘가 더욱 허전한 데가 있다. 어떤 형태로든지 물질적인 것으로 구체화되지 않은 정은 공허하다고 하지만 마음은 물질이라는 형식으로써만은 충분히 통하지 않는다.

　요란하게 차린 상에서 반드시 친절함을 느끼는 것은 아니다. 오히려 가볍게 마련된 식탁에서 주인의 더 따뜻한 정을 느낄 수 있으며 그런 자리에서 주인과 손님은 보다 가까운 인간관계를 맛볼 수 있다. 궁핍에 시달리고 언제나 배가 고팠을 때 푸짐한 잔치가 흐뭇했었을지 모르지만 기아상태에 빠지지 않는 한 지나치게 차린 상 앞에서 따뜻한 친밀감보다는 오히려 허세에 심리적 압박을 느낄 때도 있다. 심리적인 부담과 압박을 주는 잔치에 한 번 초대받느니보다는 간단한 식탁에 여러 번 초대받고 싶다.

절과 악수

동물로서의 자연적 인간관계가 정글 속에 사는 야수들 간의 관계와 다름없이 약육강식의 투쟁과 지배라는 홉스의 주장은 꼭 맞지 않을는지 모른다.

그러나 모든 인간 사이에는 이해의 갈등이 있게 마련이고 긴장이 생기게 마련이다. 이 같은 자연적 관계를 조정하기 위해서 인위적인 상호 간의 조절을 마련하고 질서를 부여하는 도구가 필요하다. 이른바 인사예법은 바로 이러한 도구의 구체적인 표현이다. 한 사회, 한 문화의 인사예법은 그 사회 속에 사는 사람들의 인간관, 대인과의 관계에 대한 생각을 반영한다. 이런 각도에서 동양의 인사법은 절이라는 형식으로, 서양의 그것은 악수라는 형식으로 특징지어질 수 있으며 그것들은 동서인의 서로 다른 의식구조를 반영한다.

동양인들은 어른 앞, 상사 앞에서 땅바닥에 이마가 닿게 절을 한다. 허리가 꺾어지게 절을 하고 뒷걸음으로 물러선다. 특히 일본인들이 지루하고 민망스럽고 답답하리 만큼 허리를 굽히고 절을 반복할 때 동양인의 대인관계가 가장 두드러지게 나타난다.

서양인들은 포옹이라는 행동으로 대인관계가 표시되기도 하지만 동양의 절에 해당되는 것은 역시 악수다. 무릎을 꿇거나 허리를 꺾지 않고 뻣뻣한 채로 상대방의 손을 잡거나 때로는 보다 짙은 정, 혹은 호의를 표시하기 위해서 잡은 손을 살짝 흔들기도 한다. 서양인 가운데도 프랑스 사람들처럼 악수를 잘하는 국민도 별로 없다. 그들은 하루에도 몇 번씩 만날 때마다 악수를 나눈다.

절과 악수는 각기 무엇을 말해 주는가? 머리를 숙이고 허리를 굽힌다는 것은 겸허한 태도로 보인다. 내가 상대방에 겸허한 입장을 취함으로써 남과의 갈등을 해소하고 조화로운 사회적 질서를 찾고자 하는 것이다. 그러나 그것은 다른 측면에서 볼 때 일방적인 종속적 관계를 상징하며 자칫하면 비굴해 질 수 있다. 이러한 관계는 복잡하고 철저한 사회적 계층관계로 굳어지고 사람들 간의 빈틈없는 서열관계에 치중된다. 이런 관계에서 각 개인의 독자적 개성, 주장은 무시되어 전체주의적인 딱딱하고 복잡하게 얽힌 사회구조로 나타난다. 각 개인은 자신의 서열적 위치에 따라 남들과 혼돈될 수 없는 자리를 잊어서는 안 된다. 그래서 절의 인사법은 상대방과 육체적 접촉을 배제한다.

악수는 무엇보다도 육체적 접촉, 어쩌면 섹시한 관계이다. 각자가 하나의 동일한 평면상에서 완전히 동등한 입장으로 독립된 하나의 인격자로서의 자리를 포기하지 않고 남들과의 수평적 관계를 맺는다. 그것은 인간의 오만성, 어쩌면 무례하다고까지 말할 수 있는 태도를 나타낸다고 볼 수 있지만 다른 각도에서 볼 때 각 개인의 존엄성, 평등성, 따라서 위신을 강조하는 것으로 해석될 수 있다. 악수라는 인사형식에서 상징되는 서양의 인간관계는 개인주의, 자유주의 사상 그리고 민주주의적 정치체제와 뗄 수 없는 관계를 맺고 있다.

사회적 동물로서의 인간은 고립되어 살 수 없다. 나는 남들과의 복잡한 관계 속에서만 존재할 수 있다. 그렇지만 모든 사람들의 이해관계가 동일할 수 없는 이상 인간 간에는 부득이 갈등이 있게 마련이다. 인간 간의 사회적 갈등을 해결해야 할 방법이 고안되어야 한다. 이러한 요청에서 정치가 나타난다.

사회적 갈등의 해결방법으로서 정치는 그 사회 속에 살고 있는 사람이 무엇을 보다 요구하고 있는가에 따라 달라진다.

'평화'와 '자유'는 다 같이 정치적 이상을 반영한다. 오늘날 이 두 가지 가치는 동서를 막론하고 의심되거나 비판의 여지가 없는 거의 절대적이며 보편적인 정치적 이상으로 굳혀져 있다.

그러나 자유와 평화는 동일한 이상이 아니다. 자유롭지 않은 사람이 평화로울 수 없다면 평화롭지 않는 상황에서 자유는 체험되지 않는다. 내 마음대로 행동할 수 있는 사회에 산다고 해서 반드시 그만큼 마음이 편안하지 않으며, 안정된 사회에서 반드시 내 마음대로 살 수 있는 것은 아니다. 서양에서 자유의 가치가 강조된다면 평화는 동양인에게 보다 귀중하게 느껴지는 상황이다.

한편으로 서양의 자유에 대한 갈망은 늦게나마 18세기 루소의 평등사상에 의해서 철학적 이론의 뒷받침을 받게 되고 로크의 민주주의사상에서 개발되었으며 오늘날의 의심할 수 없는 정치적 이상으로 굳어져 왔다. 또 한편 평화를 우선으로 하는 동양인의 태도는 이미 석가모니의 사상이 가장 밑바닥에 깔려 있고 공자와 유교의 봉건주의사상에 의해서 구체적인 형태를 갖추게 되었다.

고대 희랍의 금욕주의자들이나 근대의 철학자 스피노자는 우리가 통제할 수 없는 물리적 속박을 인정하고 그것을 받아들일 때 비로소 자유가 발견된다고 주장했고, 노자나 비구승들이 사회적 속박에서 벗어났을 때 평화로울 수 있다고 생각했지만 자유와 평화는 그 성격이 서로 다르다. 자유가 물리적이며 외향적인 개념이라면 평화는 심리적이며 내향적인 개념이다. 나를 가두어 놓은 철책, 내 팔과 발을 묶어 놓은 쇠고리에서 벗어나거나 남들의 억압, 객관적으로 존재하는 사회적 체제로부터 빠져 나오지 않으면 나는 자유로울 수 없다. 물리적이거나 밖에서 보기에 아무런 속박이 없다 해도 내 마음이 가라앉지 않거나 남이 대치할 수 없는 그런 마음의 상태를 경험하지 못할 때 나는 결코 평화롭다고 말할 수 없다.

자유를 강조하는 서양이 개인주의적이며 투쟁적이라면 평화가 선행되는 동양은 전체주의적이며 타협적이다. 서양에서는 나를 대치하거나 남에게 빼앗길 수 없는 고유한 능력과 권리가 주장되고, 그러한 태도는 피비린내나는 전쟁의 역사, 자연을 소유하고 개발한 과학사로 나타났다. 동양에서 나는 나의 가족 속에서 기존하는 사회적·자연적 질서 속에 적응하며 조화를 찾는 지혜가 높이 평가되고, 그런 태도는 무관보다는 선비가 훨씬 더 귀중한 인간의 거울이 되며, 자연을 찬미한 문학적인 명상의 역사를 꾸미게 된다.

자유를 추구한 서양의 이상은 플라톤의 칼날 같은 논변과 갈릴레오의 가혹한 자연현상의 해부에서 드러나며, 평화를 동경한 동양의 꿈은 연꽃 위에 앉아 미소를 짓는 석가의 얼굴이나 시퍼런 감투를 마다하고 신비로운 계곡이나 황량한 들을 건달처럼 다니는 황홀한 장자적 소요逍遙의 모습에 반영된다. 그리고 이 두 가지의 태도는 '욕망의 적극적 충족'이라는 서양적 이념과 '관조적인 조용한 삶'이라는 동양인의 감각으로 아직도 연장된다.

감각기관으로 경험된 사물이 이성에 의해서 정리되고 언어로써 표현될 때 지식이 생긴다. 그러나 감각적 경험으로 접촉되지 못하는 대상이 있고 이성으로 설명할 수 없는 다른 경험이 있고 언어로 표기할 수 없는, 대상이 있음을 직관적으로 믿지 않을 수 없다. 감각적 경험, 이성 그리고 언어의 한계를 인식할 때 형이상학적 사념이 시작된다.

우리 주위의 온갖 사물에 대해서와 마찬가지로 우리가 끊임없이 해야 하는 행동에도 언제나 어떤 의미가 부여된다. 물이나 공기는 우리에게 생물학적 의미를 갖고, 나의 독서는 나의 지적 만족을 채워 줄 것을 뜻하고, 나의 정치적 참여는 사회적 의의를 띠게 된다. 무엇이든 간에, 무슨 행동이건 간에 의미를 찾아야 하는 우리들의 욕망은 여러 가지 방법으로 채워질 수 있다. 그러나 이러한 삶을 살아가는 의미의 문제가 어느날 다시 제기되게 마련이다. 이게 다 무슨 뜻을 갖는가. 내 삶이, 인간의 삶이 무슨 의미를 갖는가 하는 고차원적인 의문이 필연적으로 나타나게 마련이다. 그때 우리가 보는 사물현상, 우리들의 삶의 의미는 우리가 관찰할 수 없는 사물들과의 관계 속에서만 의미가 찾아지고 우리들의 삶은 우리들의 삶을 떠난 다른 세계와의 관계에서만 이해되고 설명될 것이다. 이러한 질문을 던질 때 우리는 이미 종교적인 차원으로 옮겨가는 것이다.

형이상학과 종교는 각기 서로 다른 영역에 속한다. 그렇지만 근본적으로 볼 때 형이상학에 의해 뒷받침되지 않는 종교는 근거가 희미할 수밖에 없고 마찬가지로 종교를 수반하지 않는 형이상학은 공허하지 않을 수 없다. 한 사물 혹은 한 삶이 어떤 의미가 있다는 주장은 그 사물과 그 삶이 어떤 것이라는 것을 알고 있음을 전제하며 거꾸로 알고 있는 사물이나 삶에서 아무런 뜻도 찾을 수 없다면 그것은 공허한 것으로 남아 있을 수밖에 없을 것이기 때문이다. 형이상학과 종교는 사실상 분리될 수 없는 밀접한 관계를 갖고 서로 의존한다. 그렇다면 가장 총괄적인 위대한 사상들, 예를 들어 노장사상, 기독교, 힌두교 혹은 불교 그리고 플라톤의 철학이 관점에 따라 형이상학으로 볼 수도 있고 종교로 해석될 수도 있음은 우연한 사실이 아니다.

이러한 사고의 차원에서 볼 때 서양적 사고의 가장 핵심적인 개념이 '신'이라면 동양적 사상의 가장 중요한 개념은 '도'이다. 물론 중국에 있어서 '태극'이라는 개념, 힌두교의 '범천梵天'이라는 개념, 불교에 있어서 '열반' 즉 '니르바나'라는 개념이 있지만 그러한 개념들은 다 같이 '도'라는 개념과 근본적으로 다를 바가 없다. 신이나 도가 다 같이 궁극적 존재를 지칭하는 개념이라면 서양인과 동양인은 그러한 궁극적 존재를 서로 달리 해석하고 있다. 신이 인격적인 성격을 띠고 있다면 도는 비인격적인 존재이다. 인격적인 것이 인간적인 것이라면 비인격적인 것은 초인간적인 것이기 마련이다. 이러한 신을 전제하는 서양은 인간적인 것으로 환원하지 않고는 모든 사물현상과 삶에 대한 궁극적인 이해를 할 수 없고, 반대로 동양은 모든 사물현상은 물론 인간까지도 인간을 떠나서 인간 밖에서만 참된 이허를 갖게 되고 인간의 궁극적인 의미도 비로소 발견될 수 있는 것으로 보고 있다.

과학적 발전과 발견을 부정할 수 없는 오늘날에도 과학적 발견에 관심을 쏟지 않은 동양의 관점이 서양적 관점보다 탁월함을 인정하지 않을 수 없다. 인간의 의미, 모든 개별적 사물의 의미를 인간 밖에서, 인간을 넘어선 비인간적 존재 속에서만 발견할 수 있었던 동양의 도의 입장은 인간 속에 갇혀 있어야만 했던 서양의 신의 입장보다 높고 깊기 때문이다.

윤리와 진리

올바로 살려면 올바로 알아야 한다. 올바른 삶으로 연결되지 않는 올바른 앎은 참다운 뜻을 잃는다. 실제적인 관점에서 윤리와 진리는 서로 얽혀 있게 마련이다. 그러나 그것들은 결코 동일하지 않다. 옳게 사는 것이 윤리적인 것이라면 윤리는 행동의 문제이고, 옳게 아는 것이 진리에 속한 개념이라면 진리는 지식의 문제이기 때문이다. 윤리와 진리는 서로 뗄 수 없이 밀착해 있으면서도 서로 혼돈될 수 없는 각기 다른 범주에 속한다. 도덕적인 사람이 반드시 학자가 아니며, 위대한 학자가 반드시 높은 덕을 갖춘 사람은 아니다.

도덕과 진리가 가장 귀중한 인간적 삶의 가치라고 하지만 사람에 따라 하나가 다른 것보다 더 귀중하게 여겨질 수 있으며 문화에 따라 하나가 다른 것에 비해 더 높은 가치로서 강조될 수 있다. 더욱이 윤리적 가치와 지적 가치가 양립할 수 없는 갈등의 상황에 빠져 있어 그 중 하나의 선택이 강요될 때 한 사람은 결국 남을 위하여 좋은 일을 하고자 하면서 부모를 버리고 학문을 추구하기로 결단을 내려야만 하거나 혹은 같은 경우에 한 문화가 우리에게 강요하는 것은 공부보다는 부모를 공경하는 것을 우선해야 한다는 것이다. 마르크스나 사르트르, 공자나 퇴계는 도덕적 가치와 지적 가치를 조화롭게 겸비하여 구현한 예가 될지 모르지만 파우스트와 간디는 같은 예가 되지 못한다. 파우스트는 자신의 영혼을 팔면서까지 지적 호기심을 추구하였으며 간디는 위대한 도덕을 실천한 사람이긴 하지만 결코 지적 호기심에 빠져 있진 않았다. 아인슈타인이 존경되는 이유가 그의 학문적 업적에 있을 뿐이라면 간디 앞에서 누구나가 압도되는 까닭은 그의 도덕적 위대한 힘에 국한된다.

우리는 한 번밖에 못 산다. 만약 우리가 아인슈타인에게서 배워야 하느냐 아니면 간디를 따르느냐를 결단지어야 한다면 어떠한 결단을 내려야 하는가, 한 문화가 두 가지 종류의 삶 가운데에서 어떤 종류를 보다 높은 이상으로 삼아야 하는가를 선택해야 했다면 동양과 서양은 각기 어떤 선택을 했다고 볼 수 있겠는가. 서양이 파우스트를 택했다면 동양은 간디를 택했다. 플라톤에서 비트겐슈타인에 이르는 철학사가 무엇보다도 진리에 대한 추구라면, 노자, 공자 그리고 불교에 나타나는 사상사는 근본적으로 인격도야의 끈질긴 흔적이다. 파우스트적 서양인의 관심이 과학적 이론과 기술을 만들어 냈다면 간디적 동양인의 태도는 과학적 지식과 기술의 궁극적 의미가 무엇이냐는 질문을 던진다.

이론적 서양인이 앎을 추구하는 데서 만족감을 발견한다면 실천적 동양인은 인격의 도야에서 삶의 의미를 체험한다. 지적 서양이 분명한 밖의 빛을 중시한다면 도덕적 동양은 따뜻한 내부의 온도를 귀중히 여긴다. 하지만 따뜻하게 살려면 우선 알아야 한다. 그러나 따뜻한 삶에 도움이 되지 못하는 앎이 무슨 의미가 있겠는가. 삶을 떠난 진리가 뜻이 없음을 이해하지 못한다면 그것은 진리 자체가 인간이 만들어 낸 도구임을 깨닫지 못하는 데 있다.

선善과 애愛

　동물적 본능이 이성에 의해서 통제될 때 동물 이상의 인격적 존재로서의 인간이 나타난다. 그것은 인간이 정신의 차원을 갖고 있음을 반증한다. 모든 인간은 자신의 생물학적 욕구충족의 필연성을 벗어날 수 없지만 그러나 필연성을 넘어 나 아닌 남의 인격을 나의 인격과 똑같이 존중해야 함을 느낄 때 인간은 도덕적인 동물로 발전한다. 정신적이 아닌 인간이 참된 인간이 될 수 없다면 도덕적인 차원을 갖추지 못한 인간은 진정한 의미에서 인간이 되지 못한다. 도덕적인 것은 곧 인간적인 것이며 인간은 곧 도덕적이기 마련이다. 그러기에 도덕적 가치는 가장 귀중한 인간의 가치이다. 그렇다면 어떤 것이 가장 중요한 도덕적 가치일 수 있는가.

선善이 동양의 가장 중요한 도덕적 가치라면 애愛는 서양의 가장 높은 도덕적 가치이다. 동양인의 마음에 착함이 가장 거룩한 도덕적 가치로 불려 온다면 서양인의 가슴에는 사랑이 으뜸 가는 도덕적 가치로 느껴진다. 선이 불교의 근본적 가르침이라면 애는 기독교의 궁극적 가르침이다.

착한 사람과 사랑하는 사람은 다 같이 나만의 이기적 욕망을 넘어 서서 남의 욕망을 나의 욕망과 같이 느끼고 이해할 줄 아는 사람이다. 이런 의미에서 선과 애는 똑같이 박애적인 것이며 그만큼 도덕적이다. 착한 사람은 남의 고통을 나의 고통으로 공감할 수 있으며 사랑하는 사람은 남을 나와 더불어 위할 줄 안다.

그러나 선과 애, 즉 동양에서의 최고의 도덕적 가치와 서양에서의 최상의 도덕적 가치가 반드시 일치하지는 않는다. 선이 남에 대한 연민에 바탕을 두고 있다면 애는 남이 갖고 있는 귀중함에 근거한다. 남의 고통이 나의 고통처럼 느껴질 때 나는 남을 도와 주고자 하는 마음을 갖게 된다. 남이 굶주릴 때 나의 빵을 나누어 주고 싶은 마음, 남이 물에 빠졌을 때 모든 타산을 넘어 우선 건져 주고자 하는 마음의 상태가 착함이다. 어린 자식, 늙은 부모, 이웃이 나만큼이나 귀한 존재로 파악되기에 나는 그들을 사랑한다. 모든 인간이 하느님의 똑같은 아들이기에 모든 사람은 다 같이 귀중하며 그러기에 모든 사람은 사랑의 대상이 된다.

선과 애가 다 같이 남들과의 관계를 나타내며 그러한 관계는 다 같이 귀중한 것이기는 하지만 선에 있어서의 남과의 관계는 애에 있어서의 남과의 관계와 일치하지 않는다. 내가 남을 사랑할 때 나와 남과는 일종의 긴장이 생긴다. 나는 애인을 나만의 것으로 만들고 싶다. 나는 하느님이 내가 사랑하고 있음을 알기를 바란다. 사랑하는 대상과는 언제나 가까이에서 특별한 관계를 갖고자 한다. 나의 마음을 상대가 느끼지도 못하고 받아 주지 않을 때 나는 불만스럽다. 사랑은 그 대상으로부터의 인정을 요구한다. 그렇기 때문에 사랑하는 사람은 고통스럽다. 이와는 달리 내가 남에게 착하다는 것은 남의 인정을 필요로 하지 않는다. 그는 내 자신에서 우러나오는 마음으로 상대를 대하는 것으로 족하다. 상대가 나를 인정하지 않더라도 나는 섭섭하지 않은 것이다. 그러기에 착한 마음은 평안한 마음이며, 착함은 관용과

통한다.

　사랑을 구현한 예수의 수난이 비극적인 것은 우연한 일이
아니며 선한 마음을 상징하는 부처의 미소가 평화로움은 당
연하다. 사랑이 뜨거운 심성의 가치라면 착함은 투명한 오
성의 가치이다. 서양의 사랑이 젊음의 미덕이라면 동양의
착함은 성년의 미덕이다. 사랑이 뜨거운 장미꽃이라면 착함
은 청초한 백합꽃이다.

한의漢醫와 양의洋醫

수많은 약봉지가 천장에 대롱대롱 매달려 있는 한약방과 가지가지 기계로 장비된 양의원은 좋은 대조를 이룬다. 한복을 입은 백발의 한의사가 따뜻한 온돌방에서 환자의 맥을 손으로 짚고 있는 모습은 침대에 누워 있는 환자를 칼로 자르고 톱으로 쓰는 광경과는 어김없는 대조를 이룬다. 탕약을 다려 먹는 환자와 수술을 받는 환자는 서로 혼돈될 수 없다.

한의와 양의의 차이는 자연성과 인공성에 있다. 모든 자연현상과 더불어 그 자연의 일부로서의 인간을 지배하는 음양의 원리에 따라 인간의 생리적 기능을 조절해 주어야 한다는 것이 한의학의 전제라면, 모든 자연현상과 구별되는 인간의 특수한 생리학적 구조를 지배하는 원칙을 따라 그것을 수정해야 한다는 것이 양의학의 원리가 된다. 전자가 자연을 존중하고 자연에 순응해야 한다는 믿음을 전제한다면 후자는 자연을 극복하고 인공적으로 개선하야 한다는 신념을 전제로 하고 있다. 동양의학이 자연에 대한 조화와 순응의 철학을 전제로 한다면 서양의학은 자연에 대한 도전과 극복을 전제로 한다. 하나가 자연적이라면 또 하나는 인위적이다. 칼로 가슴이나 배를 갈라 놓거나 톱으로 다리의 뼈를 자르는 수술대에서 끔찍한 폭력을 느낀다면 봉지 약을 약탕관에 넣고 다려서 그 물을 마시는 환자 옆에서 폭력이란 느낌을 가질 수 없다.

한의와 양의의 기원을 한 가지로 설명할 수는 없다. 어찌하여 동양에서는 한의학만이 발달되고 어찌하여 서양에서는 양의학이 발명되고 발전되었는가에 대한 여러 가지 해설이 고안될 수 있다. 그러나 한 가지 확실한 것은 이 두 가지 의학의 차이는 우연한 사실이 아니라는 것이다. 그리고 이러한 사실은 각기 동양인과 서양인의 태도의 차이, 자연관에 대한 차이, 암암리에 전제하고 있는 두 개의 서로 다른 철학에 바탕을 두고 있다고 해석된다. 그것은 무엇보다도 동양의 정적 태도와 서양의 지적 태도를 각기 반영한다.

현대 서양의학은 무엇보다도 생리학에 기초를 두고 있다. 생리학은 죽은 인간을 수술대에 놓고 마치 백정이 쇠고기를 다루듯 피투성이가 되어 해부하지 않았던들 불가능했다. 인간을 해부하는 루벤스의 그림은 그러한 사실을 역력히 기록하고 있다. 동양인의 감수성에서 볼 때 인간을 해부한다는 것은 생각만 해도 잔인하다.

'써야 약이다'라는 동양의 말이 있듯이 보기에 폭력적인 것, 보기에 잔인한 것, 보기에 냉정한 지적 태도가 반드시 폭력적인 것도 아니며 잔인한 것도 아니며 냉정한 것만은 아니다. 냉철한 태도로 감정의 아픔을 견디고 인간을 해부하여 인간의 생리적 구조를 객관적으로 파악함으로써 오늘의 현대의학, 즉 서양의학이 가능했음을 부정할 사람은 아무도 없다. 오늘날 서양의학의 기적에 가까운 업적을 부정하지 못한다는 것이다.

이미 어쩔 수 없이 죽은 어린 자식의 배를 가르는 서양인의 자세는 끔찍할 만큼 잔인하다. 그러나 배를 째서 꺼낸 자식의 콩팥을 알지도 못하는 남의 어린애를 위하여 기증할

수 있는 서양인의 태도는 가혹하면서도 위대하고 거룩한 점

이 있다. 그것은 냉철한 따뜻함이다.

혈통과 전통

시간이라는 관점에서 바라본 인간의 동일성 혹은 주체성을 역사라고 한다면, 역사는 생리학적 차원과 정신적 차원에서 서로 달리 고찰될 수 있다. 모든 구체적인 인간이 생리학적 측면과 정신적 측면을 동시에 갖고 있지만 그것들은 반드시 일치하지 않기 때문이다. 생리학적으로 형제 간의 관계는 성이나 국적이 다른 남들과 비교해 훨씬 가깝다고 하지만 정신적으로 그들 간의 갈등은 이웃 사람에 비해 더욱 상극적 관계를 갖고 있을 수도 있기 때문이다.

생리학적 동일성을 혈통이라 한다면 정신적 동일성은 전통이란 말로 표현될 수 있다. 이와 같이 볼 때 동양인, 특히 한국인이 혈통을 강조한다면 서양인에 있어서는 전통이 중요시된다. 국제결혼, 더욱이 서양인과의 결혼이 아직도 거의 금기에 가까우며, 문화적으로나 인종적으로 큰 하나의 울타리 안에 있는 동양인들 간의 국제결혼도 극히 드물다. 국제결혼은 고사하고 같은 한국인 혹은 같은 일본인 간의 결혼에 있어서도 양반과 상인 간의 결혼, 한 가문家門과 다른 가문 간의 결혼은 빈부의 관점을 넘어서 극히 제한되어 왔다. 이와는 달리 서양인들의 혈통관념은 극히 흐리다. 독일인과 프랑스인, 소련 여자와 미국 남자, 덴마크의 남자와 이탈리아의 여자가 쉽사리 결합된다. 오늘날뿐만 아니라 오래 전부터 서양인들에게 있어서 국제결혼은 곁눈질을 받는 현상이 아니다. 그들의 인간적 결합은 어떤 국적을 가졌느냐에 앞서 어떠한 생각들을 서로 하고 있는가에 의해서 결정되는 듯하다.

동양과 서양의 이러한 차이는 아들을 중시하는 한국적 생각과 그렇지 않은 서양인의 관점에서도 찾아볼 수 있다. 아들이 없어 부득이 양자를 택할 때 우리는 가까운 혈족 중에서만 택한다. 성이 다른 식구, 상인의 자식을 양자로 삼는 경우가 거의 없으며 인종이 다른 아이들을 양자로 삼는다는 것은 더 더욱 상상할 수 없다. 이와 반대로 서양인들은 한국인

고아, 월남의 고아, 흑인들을 아무렇지 않게 양자로 삼는다. 자신의 혈육적 자녀들이 있음에도 불구하고 또한 생활이 그다지 풍요롭지 않은데도 그들은 가난한 이민족의 아이들을 양자로 삼아 한 집안에서 한 식구로 기르고 아낀다. 우리 동양인으로서는 이러한 그들의 심리를 이해하기 쉽지 않다.

혈통이 생리학적 개별성을 강조한다면 전통은 정신적 보편성을 중시한다. 전자가 가족중심적·배타적 인간관을 반영한다면 후자는 인간중심적 가족관을 구현한다. 동양인이 생리학적 유전성의 입장에서 인간을 규정한다면 서양인은 정신적 보편성에 의해서 개인을 본다.

혈통 중심적 태도는 한편으로 자연인으로서의 인간을 강조하는 노자의 형이상학과 '수신제가치국'이라는 공자의 윤리관을 배경으로 하며 전통의 관점에 서 있는 서양의 관점은 신 앞에 평등한 기독교의 인간관과 이성의 보편성을 강조한 플라톤의 인간관으로 뒷받침되어 풀이될 수 있다.

노자와 소크라테스

우리가 이해할 수 있는 동양과 서양의 특수성이 각기 노자와 소크라테스의 인간됨과 사상에 의해서 설명될 수 있을지 아니면 거꾸로 그들의 색다른 성격이 각기 동양과 서양의 역사에 의해서 해석될 수 있는가의 문제는 쉽사리 결정하기 어렵다. 그러나 노자와 소크라테스가 각기 동양과 서양에 있어서 가장 오래되고 중요한 사상가였다는 점에서 그들과 동서의 역사와 문화가 뗄 수 없는 관계가 있으리라는 추측은 과히 억지스럽지 않다.

백발의 긴 수염이 달리고 어쩌면 호탕한 윤곽만 떠오르게 하는 노자는 아직도 전설적 인물에 가깝다. 이와 반면 악처의 바가지를 견디면서 입으로 따지기를 좋아하다 법정에서 스스로 독약을 마시고 죽은 소크라테스의 못난 얼굴은 또렷하게 차디찬 대리석 속에 굳어 있다. 노자가 이름도 없는 마을들을 바람과 같이 왔다가 바람과 같이 사라지곤 했다면 소크라테스는 돌로 성냥갑같이 쌓은 아테네의 길목에서 저녁 늦게까지 입심센 당시의 소피스트들과 말씨름하면서 평생을 보냈다. 노자가 알 수도 없지만 그럴듯하고 그럴듯하지만 알 수도 없는 말을 던지고 시를 읊으면서 유랑했다면 소크라테스는 얼음같이 찬 논리와 찰거머리같이 질긴 끈기를 갖고 소피스트들과 말다툼하며 따짐을 직업으로 삼았다. 따지고 덤벼드는 노자가 어울리지 않는다면 자연과 풍월을 노래하며 도취하는 소크라테스는 상상만 해도 코믹하다.

각기 동양과 서양의 사상을 전형적으로 상징하는 노자와 소크라테스는 그들의 인품에서나 일생을 통해서도 반영되지만 그들의 사상을 기록한 저서에서도 나타난다. 아직도 확실한 저자가 누구냐에 대한 시비는 있지만 『도덕경』이 노자의 사상을 대표한다는 데는 이의가 없다. 또한 서양철학사상의 바탕이 되는 『대화록』이 비록 플라톤에 의해서 쓰여지긴 했지만 그것이 그의 스승 소크라테스의 사상을 집결한 것이라는 점에서 그것은 소크라테스가 쓴 것이나 다름이 없다.

노자의 책이 한 권 시선집에 비교될 수 있다면 소크라테스의 저서는 방대한 대하소설에 비길 수 있다. 노자의 문제가 직관에 의해서만 투시될 수 있는 한 가지 궁극적 진리를 보여주는 데 있다면 소크라테스의 관심은 칼날 같은 논리로 사고의 혼돈을 정리해 주는 데 쏠린다. 『도덕경』은 시적 직관을 요구하고 『대화록』은 논리적 추리를 필요로 한다. 전자가 단편적 성격을 벗어나지 못하고 후자가 체계적 성질을 띠고 있음은 당연하다. 하나는 표현에 가깝고 또 다른 하나는 담론으로 일괄되어 있다. 그러기에 노자가 보이려는 '도道'는 어떠한 논리적 척도로서도 측정될 수 없고 어떠한 개념으로써도 묶어 놓을 수 없는 흐르는 물에 비유될 수 있는 존재이며, 소크라테스가 손가락으로 가리켜 보이는 이데아는 오로지 지성으로써만 투명하게 파악될 수 있는 윤곽이 뚜렷한 존재이다. '도'가 심오하다지만 어딘가 얼른 손에 잡히지 않게 느껴진다면 이데아는 투명하게 이해되지만 어딘가 한없이 냉랭하다.

불경과 성서

　불교와 기독교가 각기 동서의 종교를 상징한다면 『법구경』으로 대표되는 불경과 『신구약』으로 나타나는 성서는 각기 동서의 서로 다른 종교적 내용을 담고 있다. 이 두 가지 텍스트는 종교적이거나 철학적 교리나 내용을 떠나서 그 성격상 각기 동과 서의 문화적 특성을 반영한다.

　『법구경』을 비롯한 모든 불경은 초월자로서의 신의 가르침이 아니라 한 인간의 가르침을 담고 있다. 이와는 달리 『신구약』은 인간의 차원을 초월하여 존재한다는 절대자로서의 인격적 신의 계시를 기록한 것이다. 한 인간으로서의 부처의 말임에도 불구하고 불경의 가르침이 단순히 철학이 아니라 종교로서 분류될 수 있는 이유는 그 가르침이 범속에서 벗어나지 못하는 대부분의 사람들의 정신적 차원을 넘어서 우주적 관점에서 본 가치를 갖고 있기 때문이다. 한편 인간과 결코 비교될 수 없는 절대자로서의 여호와의 계시가 비종교적 속물들에게도 다 같이 크나큰 감동과 빛을 줄 수 있는 까닭은 그 내용이 현세적 지혜를 담고 있기 때문이다.

불경의 가르침이 수신修身 혹은 정신수양적이라면 성서의 얘기들은 윤리 혹은 사회적인 성격을 띠고 있다. "아아, 이 몸은 오래지 않아 도로 땅으로 돌아가리라. 정신이 한번 몸을 떠나면, 해골만이 땅 위에 버려지리라 是身不久, 還歸於地, 神識離, 骨幹獨在" 혹은 "마음은 모든 일의 근본이 된다. 마음은 주가 되어 모든 일을 시키나니. 그 말과 행동도 또한 그러하리라. 그 때문에 즐거움이 그를 따르리. 마치 형체를 따르는 그림처럼心爲法本, 心尊心使, 中心念善, 卽言卽行, 福樂自追, 如影隨形"이라는 『법구경法句經』의 구절은 인간의 실존적 상황을 상기시키며 마음의 평화를 찾는 근본적인 태도에 대한 수신적修身的 가르침이다.

이와는 달리 "나를 사랑하듯 남을 사랑하라" 혹은 "구하라 그러면 너희에게 주실 것이요, 찾으라 그러면 찾을 것이요, 문을 두드려라 그러면 너희에게 열릴 것이니라"라는

『신약』의 구절은 사회도덕적 가르침이며 구체적으로 이 세상에서 욕망을 채우기 위한 실천적 태도에 대한 가르침의 성격을 띠고 있다.

커다란 하나의 환상으로 전제되는 현세가 부정되고 무無로서의 열반에만 초점이 쏠린 불교의 가르침은 어딘가 추상적이며 비현실적인 성격을 띠게 되며 이와는 반대로 속죄하고 천당에 가기 위해 현세에서 최선을 다해야 함을 전제하는 기독교의 가르침은 어딘가 보다 구체적이며 현실적 적용성을 갖고 있다. 불경을 읽으면 원근법이 전혀 고려되지 않은 이집트나 인도의 추상화를 보는 듯하고 성서를 읽으면 인간중심의 자연주의적 서양화를 연상케 한다. 그러기에 『법구경』은 뜻이 얼른 실감되지 않는 일종의 주문이라는 인상을 남기고, 이와는 달리 『신구약』은 보다 실감나는 사실주의 소설을 읽는 듯하다. 기독교가 불교에 비해 더 보편적인 영향을 끼치고 있는 이유의 하나는 어쩌면 성서의 사실성, 실생활성에서 찾아볼 수 있을 듯하다. 초월적 세계를 인정하지 않는 불교가 현실감보다 초월적 감각을 느끼게 하고, 그와는 달리 초월의 선행성을 전제하는 기독교가 초월보다는 현실적인 감각을 느끼게 하는 것은 극히 역설적이다.

초탈과 고집

은퇴한 지 벌써 몇 년째 되는 이李 교수는 활동적인 젊은 동학들이나 젊은이들이 열을 올리는 학술모임에 거의 나타나지 않는다. 그는 깔끔하고 편안해 보이는 자신의 아파트에서 서예 공부를 취미 삼아 하며 더러 찾아오는 손자들과 놀고 시간이 나면 시골로 낚시하러 가든지 아니면 친구들과의 등산으로 건강을 돌본다. 그는 자주 찾아 오는 많은 제자들이 바치는 술잔을 받아 들며 즐거운 담화 속에서 외롭지 않다.

벌써 칠순이 넘고 걸음 걷는 데도 힘이 들어 보이는 세계적 명성의 교수, 스미스는 손자뻘 되는 자기 자신의 제자들이 논문을 발표할 때마다 빠지지 않고 참석하여 제일 앞자리에서 질문하고 반박하기가 일쑤다. 그는 쓸쓸한 홀아비

방에서 혼자 빵을 구워 먹고 견딜 수 있는 한 밤늦게까지 자기가 해오던 전공분야에 대한 책을 계속 찾아 읽고 집필에 열중한다.

이 교수에게서 초탈의 늠름한 자세를 본다면 스미스 박사에게서 일편단심 진리를 추구하는 우등생의 성실한 태도를 찾을 수 있다.

얼마 남지 않은 여생을 궁상스럽고 빡빡하게 보낼 필요가 어디 있으랴. 젊어서 열심히 공부하고 은퇴할 때까지 진리며 학문이며 추구할 만큼 다하고 보냈다면 이제는 그따위 진리며 학문이 중요하랴. 영원히 알 수 없는 우주의 입장에서 볼 때 그것들이 어느 차원에서는 아무리 중요하다고 하지만 그림자 같은 것에 불과하다. 이제 그런 것을 초탈하여 나머지 삶을 초연히 살다가 자연으로 돌아가는 태도야말로 성숙한 것이 아닐까? 평생 우등생이 되려는 것은 오히려 삶에 대한 협소한 관점을 벗어나지 못한 미숙함을 의미할 뿐이다. 이 교수의 관점에서 볼 때 스미스 교수는 사람이 작고 아직 인생을 성숙한 눈으로 보지 못하고 있다.

스미스 교수는 내일 죽을지도 모르기에 삶은 더욱 진지해야 되고 내일 죽으면 할 수 없기에 오늘 진리를 더욱 철저히 찾아야 하고 젊어서부터 하던 일을 더욱 열심히 추구하며, 일단 추구해 오던 삶의 목적을 고집하여 밀고 나가는 끈기와 인내 속에서 삶의 뜻을 찾는다. 스미스 교수의 입장에서 볼 때 이 교수는 나태하지 않다면 안이하다.

이 교수가 올라 앉은 초탈의 높은 고지에서는 스미스 교수가 집착하고 있는 개별적인 가치들의 피상적 의미만을 볼 수 있고 그러한 관점이 장엄하지만 뒤집어 보면 허황하고 안이하다. 내일 죽을 것도 같은 연로한 스미스 교수가 여전히 강연회에 가서 청강하고 저술에 열중하는 모습에서는 진실하고 고귀한 삶에 대한 태도를 배울 수 있지만 거꾸로 보면 어쩐지 답답하고 빡빡함을 느낀다.

죽는 날까지 펜을 들고 자신의 저술에 열중하는 많은 서양학자들에게서 압도감을 느끼면서도 이해하기 어려운 삶에의 태도를 본다면, 회갑이 좀 넘으면 풍월과 명상적 생활에 젖어드는 동양 선비의 초연스러움에 압도되면서도 이 또한 납득되기 어려운 삶에 대한 안이한 태도를 읽을 수 있다.

멋과 미

　아름다움美은 동양에서도 예술과 뗄 수 없는 개념으로 널리 사용되고 있다. 그러나 이 개념은 동양적인 것이기보다는 서양적인 것이다. 서양에서는 전통적으로 적어도 얼마전까지는 아름다움이 예술을 보는 기본적인 범주였다면 동양에서, 적어도 한국에서는 예술과 아름다움은 같은 계열의 범주가 아니다.

　서양인이 예술작품을 놓고 아름답다 아니다 하지만 한국에서는 한 예술품을 보고 아름답다고 하기에 앞서 멋있다 멋없다로 얘기한다. 멋과 미가 각기 한국과 서양에 있어서 예술적 가치의 기본적 척도의 하나가 됨을 의미하며 따라서 그것들은 각기 다른 예술관을 반영한다고 볼 수 있다.

　아름다움이 어떤 대상의 감각적 내용을 두고 말하는 개념이라면 멋은 그 대상의 내용보다는 그것을 형성하는 구조 혹은 질서에 적용되는 개념이라고 생각된다. 꽃이 아름답다, 산이 아름답다 혹은 예술작품이 아름답다 할 때 아름답다는 말은 꽃, 산, 예술작품의 형식, 구조, 조화로움을 가리킬 수 있고 그것들이 갖고 있는 감각적 성질을 지칭한다고도 볼 수 있다. 어떤 색깔, 어떤 음성을 보고 아름답다 할 수 있다. 그러나 색깔, 음성 그 자체는 형식이나 조화와는 아무런 상관 없이 독립적으로 존재할 수 있다. 이러한 사실은 아

름다움이 어떤 사물의 형태보다는 그것의 사물적 성질에 해당됨이 드러난다.

이와는 달리 멋은 사물이나 사물에서 받아지는 감각을 두고 말하는 말이 아니라 그 사물의 구조 혹은 질서와 오직 이지로만 파악되어 이해될 수 있는 비감각적 내용을 두고 말하는 것 같다. 어떤 색깔 자체나 음성 자체를 가리켜 멋있다거나 멋이 없다는 말을 하지 않는다. 한 여자의 생김생김이 멋있다. 어떤 사람의 걸음걸이, 어떤 사람의 동작, 혹은 어떤 사람의 행위나 더 나아가서 옷 입는 맵시 또는 살아간 한 일생을 두고 멋있다라는 말이 적용된다. 이런 경우 멋이라는 개념은 질서나 형식과 상통되는 일종의 스타일을 두고 말한다고 볼 수 있다.

멋과 미는 각기 노자의 '도'와 플라톤의 '이데아'와 관련되어 고찰되고 비교된다. 멋은 분명히 형식이나 질서 또는 조화를 뜻하지만 그 형식 그 질서는 역설적으로 말하여 형식 없는 형식, 질서 없는 질서이다. 그래서 그만큼 자연적·유동적인 성격을 띠고 있다. 자연적이란 말은 딱딱하게 고정되어 있지 않다는 말이다. 어떤 학자가 지적했듯이 멋이라는 말에는 일종의 비정상성을 갖고 언제나 비규격성의 뜻이 있음은 우연한 일이 아니다. 이러한 질서는 다름 아니라 '도'에 불과하다. 거꾸로 말해서 '도'를 통한 상황, 형태에서 멋이 나타난다는 것이다.

이와 반면 미는 분명히 어떤 대상의 성질을 두고 말하지만 그 대상이 고정된 것임이 전제되어 있다. 고정됐다는 점에서 불변한다는 점에서 일종의 질서가 있다. 그것은 항상 변하는 현상과는 달리 영원한 플라톤의 이데아를 상상케 한다. 이데아처럼 영원불변한 질서 혹은 조화이다. 이데아를 형식이라고 부르기도 함은 자연스러운 논리에 바탕을 둔다.

보수保守와 모험冒險

　산 속에서 혹은 벽촌에서 청빈하게 자연과 벗 삼아 시를 읊고 우주의 신비에 젖는 것을 통해서 종교적 명상에 잠기는 것을 이상으로 하던 동양인의 태도는 분명히 평화적이다. 종교라는 이름 밑에 수없이 잔인한 전쟁을 되풀이 하여 이웃 나라 그리고 더 나아가서 다른 대륙을 정복하기에 광분했던 서양인의 기질은 틀림없이 전투적이다.

　동서의 이와 같이 상반되는 체질을 평화적인 것과 전투적인 범주로 갈라 볼 때 동양의 우위성과 서양의 저속성을 얘기할 수 있다. 그러나 이러한 두 가지 기질이 보수성과 모험성이라는 테두리 속으로 분류될 때 동양인의 부정적인 면과 서양인의 긍정적인 면을 말할 수 있다. 동양인의 평화적 태도는 어쩌면 보수라는 소극성을 의미하는지 모르나 서양인의 전투적 태도는 어쩌면 모험이라는 진취적 성격으로 해석될 수도 있다. 몽고인들, 일본인들에게 드러난 몇 개의 경우를 예외로 한다면 동양인은 역사적으로 자신의 정치적·경제적 세력을 위해서 남의 나라를 힘으로 정복하지 않았을 뿐만 아니라 국경을 넘어 미지의 다른 곳을 알아 보고, 바다를 건너 다른 세계를 찾아보려고 했던 괄목할 만한 사실이 없다. 자연의 비밀을 캐내기 위하여 혹은 논리의 원리를 추구하기 위하여 이미 알고 있다고 믿었던 것과는 엉뚱하게 다른 실험이나 사고를 철두철미하게 시도한 예가 크게 눈에 띄지 않는다. 어쩌면 우리는 조상들이 믿어왔던 것을 그대로 믿고 조상들이 하던 일을 그대로 답습하여 과거의 전통을 보수保守하는 일을 귀중히 알아 왔다.

그러나 스칸디나비아의 바이킹인들은 약 1천 년 전에 이미 목선을 타고 북구의 바다를 누비고 다녔을 뿐만 아니라 북미까지 왔었을 것이라는 것이며 콜럼버스는 수백 년 전에 북미를 발견하고 마젤란은 역시 작은 배를 타고 세계일주라는 험악한 길을 떠났던 것이다. 종교적 자유를 찾아 '메이플라워'라는 작은 목선을 타고 청교도들은 가족과 이웃과 살

던 집을 버리고 대서양 거친 바다를 건너 북미의 동해안에

도착해 추위와 빈곤과 인디언들과 싸우며 오로지 몇 명만이

살아 남는다. 바이킹의 해적들, 콜럼버스, 마젤란의 용기와

모험심에 압도적 에너지를 느낀다면, 다시 돌아갈 것을 전

혀 기대하지 않고 험악한 미지의 땅을 찾아 배를 탔던 청교

도들의 결단심이 상식적으로 이해할 수 없을 만큼 용맹하고

모험적이라고만 생각된다. 서양인의 이와 같은 모험심은 소

크라테스적 이론의 끝없는 추구, 갈릴레오의 지동설, 도스

토예프스키의 정신적 추구, 조이스의 문학적 추구 등에서

다양하게 나타난다.

동양인은 과거를 보수하고 반복하여 전통을 지켜 왔지만 서양인은 과거를 탈피하면서 전통을 만들어 냈다. 동양문화에서 구심적인 보이지 않는 정신의 힘을 찾을 수 있다면 서양역사에서는 원심적인 눈에 띄는 육체적 에너지를 느낄 수 있다. 동양인의 보수성에서 휴식의 행복을 체험한다면 서양인의 모험성에서 삶의 박력을 공감한다.

붓과 펜

　붓과 펜은 두 가지 서로 상이한 동서의 전통적 필기의 성격을 나타낸다. 동양에서 붓을 사용했고 서양에서 펜을 발견했다는 사실은 단순히 우연만은 아닌 성싶다. 그것에는 동서의 서로 다른 이념적 구조와 깊은 관계가 있을 것 같다. 필기가 의도 혹은 생각을 공적으로 기록하고 확인하는 작업이라면 필기도구의 성격, 필기의 양식을 나타내는 붓과 펜은 각기 동서의 서로 다른 마음, 태도를 상징한다고 보아야 한다.

　붓이 사람의 의식을 털끝으로 나타내는 데 반하여 펜은 인간의 뜻을 동물의 뼈조각이나 쇠로 표현한다. 붓끝에 나타나는 동양인의 마음은 가는 털끝처럼 부드럽고 논리의 딱딱한 틀에 잡힐 수 없는 감성적인 것이라 생각되어 질 수 있다. 이와 대조하여 바늘같이 뾰족하고 딱딱한 펜끝에 눌리고 찍혀 새겨지는 서양인의 마음은 펜촉처럼 날카롭고 냉정한 지성적 자세를 반영한다.

극히 조심스럽고 신축성 있게 종이 위를 움직이는 부드러운 털의 감각은 우리들이 상대와의 조화를 찾는 따뜻하고 착한 마음, 상대의 정복이 아니라 상대와의 부드러운 화해를 찾는 동양적 심상을 나타낸다.

이와 반대로 자신만만한 태도로 종이 위를 재빠르면서도 방정맞게 율동하는 강인한 펜촉의 감각은 펜이 움직이는 종

이 위에서 우리들의 의지를 자유자재로 표현하고 주장하고
자 하는 강인한 의지력을 주장한다. 붓대 끝에서 주체와 객
체, 인간과 자연, 의지와 대상 간의 구별을 초월하여 크나큰
하나의 전체 속에 모든 것을 파악하고자 하는 동양인의 감
수성을 느낄 수 있다면 펜촉 끝에서 주체로서의 자신을 주
장코자 하는 인간의 강한 의지력, 그 의지력을 관철시키기
위한 냉정한 지적 접근을 읽을 수 있다.

붓끝에 의해서 극히 델리키트하게 접촉되는 세계를 기하
학적으로 이해될 수 없는 감성적 세계, 심미적 세계라고 부
를 수 있다면, 펜촉의 끝에 의해서 극히 딱딱하고 서먹서먹
하게 부딪치는 세계는 감성이 배제되고 오로지 기계적인 관
계 속에서만 계량되고 파악될 수 있다. 그러므로 붓끝으로
느껴지는 동양의 세계가 예술적 세계, 아니 예술적 작품이
라면 펜끝에서 조직되는 서양의 세계는 과학적 세계, 즉 과
학이 설명해 주는 기계적인 것이다. 뒤집어 말하자면 붓끝
에서 동양인의 자연에 대한 비실제적, 비실천적, 즉 비정복
적 태도가 나타나고 펜끝에서는 자연을 정복의 대상으로 보
고, 그것을 언제나 실용적 관점에서 이용하려는 서양인의

실제적 마음이 반영된다.

이러한 사실에서 동양에서 서예라는 개념이 있고 그것이 중요한 데 반하여 서양에서는 글씨 쓰기가 하나의 예술로서 승화되어 본 적이 없다는 사실이 이해된다. 심혈을 기울여 붓을 움직이는 동양인의 엄숙한 모습이 쉽사리 상상되지만 펜을 들고 있는 서양인에게서 그러한 엄숙함, 긴장감은 꿈에도 상상되지 않는다.

주입과 개발

엄청난 일반화에서 오는 위험성을 무릅쓰고, 동서의 교육 이념을 구별하자면 주입식과 개발식이라는 개념으로 풀이 될 수 있을 것 같다.

동양의 가장 대표적인 스승 공자에 있어서 그의 가르침은 자신이 새로 개발한 어떤 지식이나 지혜를 보여주는 데 있 는 것이 아니라 그의 조상들이 소유하고 있었다고 확신한 옛날사람의 지식, 옛날의 지혜를 다시금 회고시키고 그러한 조상들의 지식이나 지혜를 후손들에게 전달하는 일이었다. 서당에서 배우는 일이란 중국의 고전들을 암기하는 것이었 다. 교육은 과거로 돌아가는 것이며 과거를 답습하는 활동 이 된다.

서양의 가장 대표적인 스승 소크라테스가 옛 고전을 들고

다니며 그것을 남들에게 해석하는 상황은 상상되지 않는다.
그는 책도 없이 아테네의 시장에 나가서 지나가는 사람들,
입심이 센 사람들과 토론하면서 일생을 보냈다. 교육은 이
미 알고 있는 지식을 전달하는 데 있지 않다. 그것은 남들이
알고 있는 것을 주워 듣거나 이미 써 있는 것을 암기하는 데
있지 않고 남들과 논리적으로 사리를 따질 수 있는 사고의
능력을 개발하는 데 그 목적을 둔다. 서양에서의 교육은 앞
으로 부딪치는 문제를 합리적으로 밝히고 해결하는 방법을
배운다는 점에서 미래 지향적이다.

교육의 방법에 있어서도 동서는 서로 대조적이다. 동양의 교육방법이 스승과 제자 사이에 일방적으로 전수하는 데 있다면 서양의 교육적 방법은 스승과 제자 간의 대화를 통한 토론의 형태를 띠고 있다. 소크라테스의 교육적 기록이라고도 생각될 수 있는 플라톤의 저서가 『대화록』으로 되어 있다는 사실은 우연한 일이 아니다.

공자를 통해서 사실, 더 정확히 말해서 사실史實을 배우게 된다면 소크라테스를 통해서는 변증법, 더 정확히 말해서 비판력을 훈련 받는다. 동양식 교육이 기록적 사실의 내용에 초점을 두고 있다면 서양식 교육은 논리적 사고력을 훈련하는 방법에 초점을 둔다. 동양의 서원에서 지식이 주입되고 있다면 서양의 아카데미에서는 사고력이 개발된다.

사회적 혹은 경제적 여건으로도 설명되겠지마는 서양의 현대적 교육제도를 받아들이고 있는 오늘날에도 동양에서의 교육은 아직도 주입식이라 말할 수 있으며, 수많은 정보를 흡수해야 하는 상황에서도 서양의 교육은 아직도 개발적인 성격을 계속 띠고 있다. 교실에서 스승의 가르침을 비판하고 스승과 토론하려는 태도는 동양에서 도덕적으로 쉽사리 용납되지 않는 반면 서양의 교실에서는 항상 토론이 강조되고 있다.

동양식 주입교육이 정보를 접수하는 데 효율적이라 할 수 있지만 비판력을 잃고 따라서 비창조적인 폐단이 있다면 서양적 개발교육에서는 시간, 재력의 낭비를 느낄 수 있지만 창조적 능력, 독립적 사고를 키운다는 장점을 지적할 수 있다.

은사와 교수

남을 가르치는 입장에 서 있는 대학의 교수도 하나의 직업인인 만큼 공무원, 회사원이나 교수라는 직업은 다를 바가 없다. 직업으로서의 교수직은 우선 하나의 생활수단에 지나지 않기 때문이다. 그러나 동양, 특히 한국의 전통에서 볼 때 대학교수는 두말할 나위도 없거니와 중·고등학교 교사, 국민학교나 유치원 선생은 다른 직업인과 다른 취급을 받는다. 배움을 받는 학생들은 그들은 은사라고 부른다. 스승이라는 어휘에는 존경심, 경건한 마음 그리고 감사의 뜻이 담겨 있다. 스승은 단순한 직업적 칭호가 아니다.

스승에게 반항함은 물론 그를 비판한다는 것은 도덕적으로 상상할 수 없다. 그가 훌륭한 지식을 갖추지 않았더라도, 그가 요령 있게 가르치지 못하더라도, 그리고 그가 비록 인격적으로 우러러볼 수 없다 해도 그의 교실에서 시간을 보내고 그로부터 평가를 받고 그에게서 꾸지람을 받는 제자들은 한결같이 그를 적어도 형식상으로는 존경해야 한다. 제자들은 사은회를 하고 선물을 사 바치며 설날이면 세배를 하러 스승의 집을 찾아간다.

이처럼 스승을 공경하고 감사하는 관습은 연로자를 존중하는 전통과도 관계가 있지만 학문을 높이 존중하는 유교적 문화와도 관련이 깊다. 한걸음 더 나아가 스승에 대한 이러한 동양적 태도는 교수라는 직업이 다른 직업과 비교할 때 세속적이 아니라는 점, 장사나 정치가 혹은 관리들과 달리 부패에 빠질 성격이 적다는 사실에서 설명될 수 있다. 그렇기 때문에 학교를 나오고 출세를 해도 국민학교, 고등학교, 대학에서 아직도 따분한 교편을 잡고 있는 옛날 선생들은 역시 무조건 '은사'가 되는 것이다.

서양 특히 오늘날의 미국에서 은사라는 개념은 별로 통하지 않는다. 교수는 하나의 전문적 지식을 갖고 그것으로써 직업을 삼고 있는 또 하나의 직업인에 불과하다. 사은회라는 것이 있을 수 없다. 선물하고 연말에 가르침에 감사한다는 뜻에서 방문을 하는 예가 없다. 그는 단순히 박사라는 직업증을 가진 사람에 지나지 않는다. 등록금을 낸 학생이 필요로 하는 지식, 교육을 제대로 제공하지 못할 때 학생은 그를 가혹하게 평가하고 나선다. 학기말마다 있는 이른바 '과목 평가'가 바로 그것이다. 학생은 자신이 들은 강의에 대해, 즉 자신을 가르친 교수에 대해 점수를 매기는 것이다. 잘못하면 이런 평가에 의해 교수는 보따리를 싸고 재직하던 학교를 떠나 다른 학교에 가서 직업을 구해야 한다. 교수와 학생 간에는 인격적인 관계가 맺어지는 것이 아니라 지식이라는 직업적 · 기술적인 차원에서 관계가 결정된다. 물론 특수한 경우에 교수와 학생 간에 인격적인 관계가 맺어지고 학문적으로나 인간적으로 한 교수가 제자의 존경을 받게 되고 학교를 떠난 후에도 같은 관계가 지속될 수 있지만 그러한 경우는 극히 예외에 속한다.

동양에 있어서의 은사와 제자와의 관계가 비합리적인 폐단을 낳을 수 있지만 거기에는 인간미가 있다. 서양에 있어서의 교수와 학생과의 관계가 효율적인 점이 있지만 거기에서 우리는 너무나 냉혹한 인간관계를 본다.

부모는 자녀들의 교육과 장래를 위하여 모든 것을 희생한다. 자신의 노후 안정을 계산하여 현재 갖고 있는 재산을 아끼고 자녀는 돌보지 않으려는 부모는 동양적 관점에서 볼 때 비정하다. 이와는 달리 서양인들은 자신을 완전히 희생하면서 자녀들의 뒷받침을 하지 않는 것이 별로 이상스럽지 않다.

동양적 사고방식에 의하면 부모와 자녀 간에는 계산된 구별이 없다. 그들은 다 같이 하나의 분리될 수 없는 가족이라는 삶의 공동체를 이룬다. 서양적 사고에 비추어 볼 때 비록 부모와 자녀 간에 뗄 수 없는 생물학적 관계를 맺고 있는 경우라도 부모는 부모, 자녀는 자녀, 나는 나, 너는 너라는 엄격한 개인주의적인 관점에 의해 가족관계가 지배되고 있다.

우리의 생각에 의하면 부모가 자녀를 위해 희생했던 것만큼 자녀도 부모의 노후에는 그들을 정성껏 모셔야 한다. 최근 산업화에 기인되는 이른바 핵가족의 문제로 부모와 자녀 간의 종래의 도덕적 관계에 금이 가고 갈등이 생기지만 아직도 자녀가 부모를 모셔야 한다는 것은 흔들릴 수 없는 우리들의 도덕적 원칙이다.

세대차이가 있고 삶의 양식에 대한 생각이 다르더라도 아들과 며느리는 무능하고 병든 부모를 같은 집에 모시고 부양해야 한다. 돈 없고 생활력 없어진 부모를 따로 살게 한다든지 양로원에 보낸다는 생각은 상식적으로 용납되지 않는다. 부모들은 자기들이 희생한 것만큼 자녀들로부터 보답을 받아야 함이 당연하다.

이러한 동양적 가족관계와는 달리 서양에서의 부모들은 은퇴를 해도 자녀와 따로 살면서 자녀에게 경제적으로나 정신적으로 의지하지 않는다. 그들은 자신들이 저축해 둔 돈으로 따로 살며, 그렇게 살다가 육체적으로 독립할 수 없으면 양로원으로 들어간다. 자녀에게 의지한다는 것은 부끄러운 일이다.

한국의 부모들은 어느덧 할아버지, 할머니가 되어 손자, 손녀들의 베이비싯터가 되어 그들의 육아에 미진하나마 힘을 다하고 그런데서 노년의 보람을 느낀다. 흔히 세대 간의 갈등 때문에 부모들이 자녀들에게 큰 짐이 되고 가정에 긴장과 불화를 일으키는 경우가 적지 않아도 그런 가운데서나마 정을 느끼고 덜 고독하다.

뉴욕에서는 노인들이 허리를 꾸부리고 매일 조금씩 식료품을 사들고 집에 들어가든지 무료해지면 공원의 벤치 위에

멍하니 앉아 있는 경우를 많이 목격한다. 때로 그들은 양로원의 침대에 누워 낯선 간호원이 가져다 주는 음식이나 약을 받아 먹고 시간이 가기를 기다리고 있다.

이마를 찡그리는 며느리, 부산스러운 손자, 손녀의 육아에 골치가 아프지만 서울의 노인들은 가족 속에서 무엇으로도 대치할 수 없는 인정의 따뜻함을 느낀다. 아무런 간섭도 받지 않아 자유롭고 따라서 편하지만 아파트나 양로원에서 말할 사람도 없이 혼자 살아가는 뉴욕의 노인들은 무척 고독하다.

　살아가는 것은 여러 가지 욕망의 끊임없는 연속적 추구와 일치한다. 삶이란 욕망에 지나지 않기 때문이다. 살아가는 동안 운이 좋거나 능력이 있으면 수많은 욕망이 채워질 수 있다. 좋은 음식 좋은 집을 마련하여 생리학적으로 지나칠 정도로 만족될 수 있다. 이러한 욕망 외에 인간적 욕망이랄까, 인간에게서만 발견될 수 있는 욕망, 즉 권력에의 욕망, 명예에의 욕망도 특수한 몇몇 사람들에게는 어느 정도까지 채워질 수 있다.

　아무리 부귀를 즐기고 권력을 누릴 수 있어도 모든 인간은 다른 모든 생물체와 마찬가지로 언젠가는 생리학적으로 죽게 마련이다. 욕망이 많고 그 욕망들이 중요하다지만 생존 자체에 대한 욕망만큼 더 근본적인 욕망을 생각할 수 없다. 생존은 욕망 중의 욕망이요, 본능 중의 본능이다. 언젠가 죽고 말아야 한다면 이 세상에서는 완전히 만족스러운 욕망의 충족이 있을 수 없다. 살아가는 고통이 없고, 이 세상에서의 모든 욕망이 충족될 수 있을 뿐만 아니라 가장 근본적인 욕망, 생존 즉 영생에의 욕망이 채워질 수 있는 곳은 어디이며, 그것은 어떤 것일 수 있는가. 그곳을 동양에서는 열반이라 부르고 서양에서는 천당이라 부른다. 열반과 천당은 각기 동양인과 서양인이 생각해 낸 형이상학적 차원에서, 종교적 측면에서 본 가장 이상적 상황, 욕망의 절대적 충족의 상황, 궁극적 행복의 장소 혹은 조건을 가리킨다. 그것들은 각기 동양과 서양의 대표적 종교로서의 불교와 기독교의 궁극적 유토피아의 비전이다.

동서가 대표하는 이 두 개의 비전은 그 구조상 근본적으로 다르다. 통속화된 불교에 따르면 불교적 유토피아인 열반은 이 세상과 공간을 달리하는 또 하나의 세상을 가리킨다. 이승과는 다른 저승에 가서 새로운 다른 삶을 갖게 되는데 이승에서 불공을 잘 드리고 선한 생활을 하면 저승에서 영원한 행복을 누릴 수 있다는 것이다. 열반은 다름 아

니라 이런 상황을 말한다. 이런 점에서 볼 때 통속적으로 믿
는 불교의 열반은 기독교의 천당과 유사하다. 그러나 통속
적인 열반은 부처가 가르치려고 했던 내용과는 전혀 다르
다. 열반은 우리가 죽은 후에 갈 수 있는 다른 공간을 가리
키지 않는다. 그것은 우리의 외면의 한 정신적 상황을 의미
할 뿐이다. 열반은 우리가 삶을 포함한 모든 존재의 원리를
이해하고 우리가 겪는 고통의 원인을 깨달음으로써 느낄 수
있는 욕망으로부터의 해방감을 뜻한다. 불교의 천당은 우리
들 자신 속에 있다.

　이와는 달리 기독교의 천당은 문자 그대로 이곳과는 구별

되는 다른 고장을 의미한다. 우리들이 열반이라는 말로 통용하는 영원하고 완전한 행복은 우리들 자신의 내면 속에 있는 것이 아니라 우리들 밖에 존재한다. 기독교의 열반은 의타적이다.

과학이 설명하는 세계를 믿는다면 참다운 유토피아는 기독교의 천당이 아니라 불교적 열반임이 확실하다.

체면과 명예

그 많은 동물 가운데서 오로지 인류만이 음식을 익혀 먹고 데워서 마신다. 오직 인간이라는 동물만이 결혼제도를 만들고 그 제도 속에 스스로 묶여 산다. 오직 인류간이 언어라는 규칙을 만들어 그 문법에 따라 의사를 전달하고 감정을 표현한다. 이처럼 인류는 자연의 법칙 속에서만 살지 않고 스스로 만든 인위적 법칙, 크게 말하여 문화의 질서에 따라 움직인다.

프랑스의 구조주의 인류학자 레비-스트로스에 따르면 인류가 이와 같이 자연과는 별도의 제도를 스스로 간들고 그 속에 스스로를 묶어 놓은 근원적 이유는 생리학적인 이유에서가 아니라 인간이 자연과 구별되어 자연을 보다 초월하고 따라서 자연의 모든 사물현상과는 다른 특수한 존재임을 확

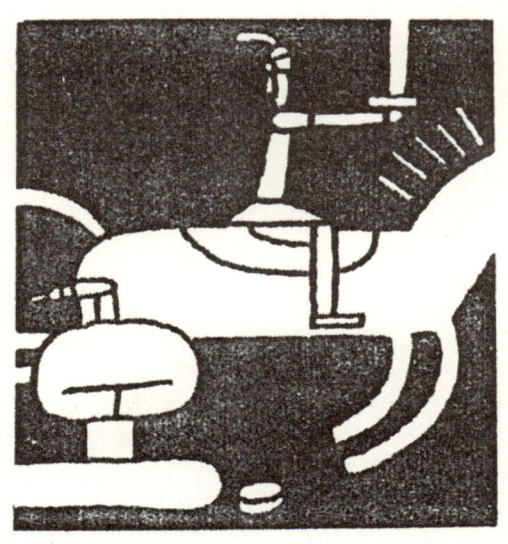

인하고자 한 데 있다고 한다. 문화는 인류가 갖는 긍지의 한 표현이라는 말이다. 이 학설의 옳고 그름을 따질 수는 없다. 그러나 이러한 가설을 일단 인정해 본다면 서로 다른 문화는 각기 긍지의 특수한 표현방식이라고 가상될 수 있다.

체면과 명예는 다 같이 인간으로서의 긍지를 측정하는 가치의 척도, 행동의 규범이다. 양반이라는 체면 때문에 굶게 되는 한이 있더라도 땅을 파거나 장사를 할 수 없다. 가장으로서 체면은 진심으로 사랑하는 아내를 도와 부엌일을 하지 못하게 규제한다. 기사의 명예 때문에 나를 모욕한 감당할 수도 없는 힘센 기사와 목숨을 걸고 싸워야만 한다. 학자로서의 명예는 탄압과 고통을 무릅쓰고라도 진리를 말할 것을 명령한다. 체면이 동양적 긍지의 표현이라면 명예는 서양적 긍지의 나타남이다. 체면과 명예가 다 같이 긍지에 바탕을 둔 행동규범이라면 그것들은 각기 동양문화와 서양문화의 차이를 나타내며 각기 동양인과 서양인의 서로 다른 의식구조, 서로 구별되는 가치관을 드러낸다.

체면이라는 가치로 표현되는 동양인의 긍지가 형식에 집중된다면 명예라는 가치로 표현되는 서양인의 긍지는 내용에 근거를 둔다. 양반이 체면 때문에 굶어도 땅을 파거나 장사를 하지 않는다면 그것은 그가 그런 행위를 정말로 나쁜 것이라고 스스로 믿기 때문이 아니다. 다만 그의 사회적 위치 때문이며 그의 얼굴 때문이다. 이와는 달리 기사가 목숨을 걸고 적과 1 대 1로 승부의 결투를 결정할 때 그것은 기사라는 사회적 위치 때문도 아니며 남들이 우습게 여길까 해서도 아니다. 그것은 명예라는 가치를 스스로 믿고 있기 때문이다.

체면에서 가치의 외면성의 치중을 들여다볼 수 있다면 명예에서는 가치의 내면성이 강조되어 있음을 알 수 있다.

체면에 치중하는 동양인의 의식에서 비개성적 가치관을 찾아볼 수 있다면 명예를 강조하는 서양인의 마음 속에서 극히 개성적 가치관을 발견하다. 체면이 가치의 타의적·사회적 관점을 나타낸다면 명예는 가치의 자의적·실존적 관점을 강조한다.

문반과 무반

　어느 사회를 막론하고 정신적·물질적 생산이 필요하며 그 행정이 불가피하다. 그와 동시에 어느 사회를 막론하고 사회의 질서를 지키고 외부로부터의 침입을 막을 필요가 있다. 전자의 임무를 담당하는 사람들을 문반文班이라고 한다면 후자의 역할을 맡은 사람들은 무반武班이다.

　한 사회에서 가장 지배적인 역할을 하는 계층은 문반과 무반 가운데에 어느 하나일 수밖에 없다. 위의 두 계층 가운데서 누가 한 사회를 지배하느냐, 어떤 계층이 더 중요한 힘을 행사하느냐에 따라 그 사회의 성격, 한 문화적 특징을 얘기할 수 있다.

　무사에 의해 지배된 일본의 근대사를 제외하면 동양, 특히 한국의 역사는 문반에 의해서 지배되어 왔다. 한국에서는 지배계급이었던 양반 가운데서 문반이 언제나 우위에 놓여 있었다. 이와 반대로 서양의 역사는 오랫동안 무사에 의해 지배됐다. 문반은 군인이 아니라 학자계급을 의미했지만 서양의 지배계급이었던 이른바 귀족은 승려가 아니라 기사였다. 한국의 양반이 역사를 읽고 시를 읊는 것으로 소일하고 그의 학문의 깊이와 넓이가 상대적으로 존중되고 평가되었다면 서양의 귀족들은 칼을 차거나 총을 메고 말을 몰고 뛰어다니며 힘을 자랑했고 그 힘에 따라 권력을 나누어 가졌다.

한 사회의 지배계급을 형성하는 사람이 일반적으로 말해서 그 사회의 이상적 인간형으로 볼 수 있다면, 문반에 의해 지배된 동양의 이상적 인간은 선비일 것이며 무반에 의해 지배해 온 서양의 이상적 인간은 무사일 것이다. 선비의 사회에서 도덕적 가치, 공자가 말하는 '인仁', 즉 착함이 강조됐다면 무사의 사회에서는 힘의 가치, 로마의 시저에서 상징되는 힘의 가치가 높이 평가됐다. 따라서 동양이 평화적이라면 서양은 도전적인 성격을 띠고 있다. 오랜 역사를 통해서 동양의 여러 나라는 비교적 비침략적이었다. 일본을 제외하고 동양에서는 국가 간의 침략적 전쟁, 무력에 의한 지배의 역사는 드물었다. 이와 비교해서 서양의 역사는 피비린내나는 가혹한 전쟁, 무력에 의한 침략과 패배의 흔적을 남기고 있다.

　문반의 입장에서 볼 때 무반은 폭력적이며 야만적이다. 무반의 관점에서 볼 때 문반은 무기력하고 패배적이다. 선비의 눈에는 칼을 휘두르고 총을 쏘며 날뛰는 기사들이 동물에 가깝고 비인간적이라 보일 것이다. 말을 타고 산야를 뛰고 적의 도시를 쳐들어 가는 기사의 관점에서 볼 때 창백

한 얼굴로 방안에 앉아 시나 외우는 선비들이 너무나도 박력이 없어 보였을 것이다.

문반의 인간상에서는 젊은 박력, 뜨거운 생명력을 볼 수 없지만 성숙한 지혜, 조용한 정신적 깊이를 감지할 수 있다. 이와는 달리 무반의 인간상에서 비성숙성, 야만성까지를 느낄 수 있지만 신명나는 박력, 희열에 가까운 생동력을 느낀다.

사람들 사이에는 흔히 갈등이 있게 마련이다. 사회라는 하나의 질서, 하나의 체제 속에서 살 수밖에 없는 모든 사람들은 부득이 이해관계에 따른 갈등에 부딪치기 마련이다. 이런 갈등을 조정하고 해결할 필요가 마땅히 생긴다. 도덕적 규범은 이러한 필요에서 생긴 하나의 비문자화된 제도이다. 도덕적 규범이 없는 인간사회는 상상할 수 없다. 인간이 근본적으로 같은 이상, 인간의 관계, 인간 간의 갈등이 장소와 때를 떠나서 유사한 이상 근본적인 도덕적 규범은 시대와 사회를 초월하여 동일할 수밖에 없다.

도덕적 규범이 사회생활에서 필연적으로 생기게 되는 갈등을 풀기 위한 문법에 비유될 수 있다면 동양에서의 예의와 서양에서의 에티켓은 같은 도덕적 문법을 사용하면서 달리 나타날 수도 있는 스타일에 해당된다. 도덕적 규범이 사회적 갈등해소의 기계라면, 예절과 에티켓은 그 기계를 잘 돌게 하는 윤활유라 할 수 있다. 윤활유로서의 예절과 에티켓, 스타일로서의 예절과 에티켓은 모든 스타일이 그러하듯이 그것을 사용하는 사람의 성격, 개성을 드러낸다. 예절이라는 개념이 동양인의 스타일이라면 에티켓은 서양인의 개성을 나타낸다. 넓게 표현하자면 예절과 에티켓은 각기 동과 서의 문화적 성격을 드러내 보인다.

예절은 남녀 간의 관계, 부자 간의 관계, 장유長幼의 관계, 스승과 제자의 관계를 설정하며 그런 관계의 질서를 규제한다. 예절이라는 행위의 규범은 상하라는 서열에 초점을 둔 수직적 질서를 마련한다. 인간관계를 근본적으로 불평등한 관계로서 보고, 인간 간의 갈등을 서열의 원리에 의하여 해결한다고 보는 것이다. 따라서 예절은 동양의 봉건적이며 비민주적 사상과 같은 관계를 갖고 있다.

이와는 달리 에티켓은 사람들의 감정을 조절함으로써 사회적 관계, 인간의 갈등에 조화를 마련하는 데 있다. 밥을 먹을 때 소리를 내지 않음으로써 함께 식사를 하는 사람들의 기분을 거슬리지 않으려 한다. 에티켓은 대화를 할 때 조용한 목소리로 말을 하라고 한다. 여자가 앉을 때 의자를 대준다든지 여자가 옷을 집을 때 그것을 입혀 주라고 일러준다. 이처럼 에티켓은 상하, 장유의 관계가 아니라 모든 사람에 모든 경우에 일괄적으로 적용되는 관계를 마련한다. 이런 점에서 에티켓을 강조하는 서양은 민주주의사상, 평등사상과 뗄 수 없는 연관이 있음을 입증한다.

예절이 확실한 행동의 틀, 즉 형식을 전제하고 있다면 에티켓은 오로지 상식적으로 알 수 있는 인간감정에 대한 이해에 바탕을 둘 뿐, 경우와 환경에 따라 자율적으로 달리 표현되고 어디서든 일률적으로 적용될 수 있다. 이와 같이 볼 때 예절은 동양의 격식적 태도를 반영하고 에티켓은 서양의 개성적 태도를 표현한다.

자연과 인간

산과 바다, 하늘과 땅, 동물과 식물, 이 모든 것을 통틀어 자연이라고 부른다. 이러한 모든 현상, 만물 가운데서 인간인 우리는 어느 면에서 특수한 그리고 유일한 존재임을 스스로 의식한다. 동물로서 우리와 가깝다는 원숭이를 관찰해도 인간은 그것과는 비교될 수 없는 근본적인 차이를 갖고 있다. 오로지 인간만이 언어를 사용하고 오로지 인간만이 제아무리 원시적 형태일 망정 문화적 차원을 갖고 있다. 인간은 자연의 법칙에 따라 살고 있지만 그와 동시에 인위적인 문화적 규범 속에 스스로 묶여 산다.

스스로의 유일성, 특수성을 자각할 때 인간은 자신의 존재를 자연과 구별하여 별개의 존재양식을 갖고 있다는 생각을 하게 된다. 이런 입장에서 인간은 스스로에 특수한 존엄성을 부여하고 특수한 권리를 주장하게 마련이다. 기독교는 창세기에서 모든 자연현상은 인간의 복지를 위한 도구에 지나지 않는다고 선언하며, 유교적 입장에서도 인간의 최고성을 확인한다. 이처럼 동양과 서양이 인간의 특수성, 존엄성을 다같이 인정하지만 자연과 인간간의 관계는 극단적으로 다른 입장을 보인다.

동양의 입장에서 볼 때 아무리 인간이 특수한 영물이라 해도 인간은 역시 대자연의 한 부분에 불과하다. 인간의 특수성은 자연 자체와의 대립에서 발견되는 것이 아니라 자연 내에서의 특수성에 불과하다. 자연과 인간과의 관계에 있어서 자연이 인간에 선행된다. 인간은 자연 속에서, 자연의 입장에서 참되게 파악된다.

동양의 입장이 자연중심적이라면 서양의 입장은 인간중심적이다. 인간은 자연의 일부가 아니라 자연과 대립되며, 자연은 인간의식의 지적 대상에 불과하며 인간이 뜻하는 목적을 위한 수단에 지나지 않는다.

자연중심적 동양의 사고는 불교사상, 노장사상으로 이론화된다. 불교에 있어서의 윤회사상 혹은 만물이 무차별하다는 형이상학이 바로 자연중심적인 입장을 말해 주고, 노장에 있어서 모든 현상을 크나큰 자연의 원리에서 보고자 하는 '道'의 철학이 바로 그와 같은 진리를 강조한다.

　인간중심적인 서양의 사고는 특히 유태교, 기독교, 회교가 다같이 전제하고 있는 신학에서 나타나고 인간 자체를 서로 환원할 수 없는 마음과 몸으로 나누어 볼 수밖에 없던 데카르트의 철학에서 재확인된다.

 동양인의 관점에서 볼 때 궁극적 존재는 인간의 모습을 띠지 않을 뿐만 아니라 어떠한 형태의 인격적 존재도 아니다. 그것은 '도道' 혹은 '브라만', '무無' 또는 '태극' 등으로 표현할 수밖에 없는 비인격적인 것이다. 이와 반해 서양인은 궁극적 존재를 인격적 신으로 본다. 그것은 아무래도 인간의 모습과 비유해서만 이해될 수 있는 형태이다.

 자연중심적인 관점에서는 자연에 대한 경건한 마음, 찬미의 감정이 생기고, 자연에로의 궁극적 회귀를 희구하는 태도가 나타나게 마련이며, 인간중심적인 관점에서는 자연을 정복하고, 소유하고자 하는 인간 찬미, 신에 대한 찬양심이 싹트게 마련이다. 동양의 마음이 아이커러스의 꿈에 비교된다면 서양의 마음은 나르시스적이다.

동양인은 죽어서 마을을 떠나 산으로 가고 서양인들은 죽
어서도 살던 동네에 남아 있다.

같은 무덤이면서도 동양에서는 산소가 되고 서양에서는
묘정이 된다. 우리는 죽어서 고요하고 쓸쓸한 산에 묻혀 자
연과 다시 만나 자연 속으로 사라지지만 그들은 죽어서도
마을의 성당 뒤뜰에 묻힌다. 권력이 있거나 돈이 있으면 선
산에 혼자 있게 되고 아니면 공동묘지에 묻히게 되는 우리
지만, 권세가 있거나 명예가 크다 해도 마을의 성당에 소박
하게 묻히거나 아니면 마을 복판이나 바로 근처에 자리 잡
은 묘지에 묻히는 것이 그들의 운명이다.

우리의 선산이나 공동묘지가 우리가 살아 오던 마을과 멀
리 떨어져 있다면 그들이 묻히는 성당의 뒤뜰이나 공동묘지

는 한결같이 그들이 살던 마을 가까이에 있다. 홍릉은 덕수궁과 멀리 떨어져 있는 울창한 숲이었고, 망우리공동묘지도 원래는 서울과 멀리 떨어진 산이었다. 이와는 달리 나폴레옹의 무덤은 파리 한복판의 큰 건물 속에 들어 있고 몇 백 년된 뻬르다·쉐즈나 몽파르나스의 공동묘지도 다 같이 파리의 한복판에 자리 잡고 있다.

동서의 서로 다른 형태의 무덤은 각기 동양인과 서양인의 죽음에 관한 관점을 반영한다. 마을이나 도시에서 떨어진

곳에 시체를 묻는다는 것은 죽음이 삶과의 궁극적 단절임을 의미하고, 죽음이 삶과, 아니 인간과 엄격히 구별되는 자연으로 돌아감을 뜻한다. 죽으면 그만이다. 죽은 다음 새로운 삶이 있지 않다. 죽음은 삶과의 절대적 단절을 의미한다. 죽어도 마을이나 도시에 남아 그곳에 묻힌다는 것은 죽음이 한 사람의 삶의 종말이 아님을 뜻한다. 죽어도 죽지 않는다. 아니, 죽은 후에야 비로소 참된 영적 삶이 시작될 수 있다는 것이다. 형태가 달라졌을 뿐 죽은 후에도 나는 계속 나의 살아있는 가족, 이웃과 함께 내가 살던 마을, 내가 자라던 도시에 남아 역시 살아 있는 것이다. 죽어도 나는 자연과 구별되는 주체로서 자연 속에 흡수되지 않는다.

이와 같이 볼 때 동서의 죽음에 대한 관점은 각기 불교적 형이상학과 기독교적 신학으로 연결된다. 무신론적 불교의 입장에서 죽음은 자연에로의 복귀이며 유신론적 기독교의 관점에서 볼 때 죽음은 영적 새로운 삶의 시작이다.

우리가 부모의 산소를 될수록 크게 꾸미고 화려한 비석을 세우려 한다면 서양인들의 무덤은 그들의 재력에 비해 크지 않고 그들이 세운 부모의 비석은 허전할 정도로 단순하다.

옛날 지주들, 오늘의 재벌들은 그들 조상들의 무덤을 화려하게 꾸미고 그들의 비석은 과장된 명예와 공로로 가득 기록되어 있다.

이와 대조해서 볼 때 큰 세도를 부렸던 드골 장군의 무덤은 너무나 초라하고 그 무덤의 비석은 너무나 싱겁다. 시골 작은 성당의 뒤뜰에 동네 사람들의 무덤과 나란히 묻혀 있는 그의 비석에는 그의 이름과 생사의 날짜가 적혀 있을 뿐이다. 화려한들 초라한들 죽어 누운 사람에게 무슨 상관이 있으랴. 동서의 이와 같은 무덤의 차이는 살아남아 무덤을 만든 사람들의 태도를 나타낼 뿐이다. 동양의 산소에서 사회적 허세를 읽을 수 있다면 서양의 묘지에서 오히려 착실하고 경건한 마음씨를 엿볼 수 있다.

공자와 마르크스

    세계 사상사를 통해 2천 년의 시간적 거리를 두고 있는 공자와 마르크스는 인류에게 엄청난 영향을 미쳐 왔고 또 미치고 있다는 점에서 각기 동양과 서양에서 손꼽는 사상가이다. 위대하다는 점에서뿐만 아니라 그들의 핵심이 이상적 사회의 모델을 제공하고 있다는 점에서도 공자와 마르크스는 공통점을 갖고 있다. 그들의 유교와 마르크스주의는 종교라기보다도 철학에 가깝고 철학이라기보다도 정치사회사상이라고 부름이 적절하다. 그들의 핵심적 문제는 어떠한 정치체제, 어떠한 사회제도가 인류의 평화와 행복, 인간 간의 평등과 자유를 위해서 가장 적합한가를 찾아내는 데 있었다.

    이런 관점에서뿐만 아니라 공자와 마르크스는 다 같이 인본주의자였다는 점에서 또 다른 공통점을 찾아낼 수 있다. 공자는 인간의 궁극적 문제의 해결을 종교에 의존하지 않았고 그들의 후예들이 동양을 지배한 불교와 별개의 유학의 체계를 세웠다. 마찬가지로 마르크스는 인간의 문제를 사회·경제·정치의 문제로 보고 그러한 문제의 해결을 종교 밖에서만 찾을 수 있다고 확신했다. 그가 종교를 아편에 비유한 사실만으로 얼마나 인본주의사상에 철저했던가를 확인할 수 있다.

이런 유사성에도 불구하고 공자와 마르크스에서 각기 동양과 서양의 특수한 기질을 가려낼 수 있다. 다 같이 사회문제의 근본적 해결책을 찾고 있지만 유교가 해결의 원칙을 우리의 주관적 인간성에서 찾으려 하는 데 반해서 마르크스주의는 똑같은 문제의 해결 원칙을 인간의 객관적 경제조건에서 보고자 한다. 공자의 관점에서 볼 때 이상적 사회질서를 유지하려면 인仁이라는 개념으로 지칭되는 가장 귀중한 인간성을 개발하여 복잡한 타인과의 도덕적 질서를 강화해야 한다. 이와는 달리 마르크스의 입장에서 생각할 때 이상적 사회질서는 경제적 평등을 실천함으로써만 이루어진다.

『논어』가 인간적 관계, 즉 도덕적 질서에 대한 가르침이라면 『자본론』은 물질적 관계, 즉 경제적 질서에 대한 이론이다.

도덕적 차원에서 사회의 문제를 찾으려 하는 유교는 관념적이며 따라서 내재적인 성격을 띠고 있다. 경제적 입장에서 사회를 개혁하려는 마르크스주의는 실질적이며 따라서 외향적인 성질을 갖고 있다. 전자가 인간 안으로부터 인간성의 밑바닥에 있는 도덕가치에 의존한다면 후자는 인간 밖으로부터 인간생활의 물질적 조건에 바탕을 둔다.

공자와 마르크스의 이와 같은 해결책의 차이는 각기 동양적 인간관과 서양적 인간관을 전제한다. 유교는 인간의 본질을 도덕성에서 찾고 있으며 인간의 가장 귀중한 가치를 인간의 내적 개발에서 발견한다. 반면 마르크스주의는 인간의 본질을 이성적 기능에서 보고 가장 중요한 가치를 자연의 외적 정복에서 찾는다.

공자가 예절 바른 선비들의 사회를 제공한다면 마르크스는 재빠른 사업가들의 세계를 투시한다. 『논어』가 명상적이고 차분한 인간사회의 비전을 비쳐 준다면 『자본론』은 다이나믹하고 극성스러운 인간사회의 비전을 제공한다.

동서의 만남

1판 1쇄 펴낸날 1985년 5월 25일
2판 1쇄 펴낸날 2002년 3월 20일
2판 2쇄 펴낸날 2007년 9월 5일

지은이 ǀ 박이문
펴낸이 ǀ 김시연

펴낸곳 ǀ (주)일조각
등록 ǀ 1953년 9월 3일 제300-1953-1호(구 : 제1-298호)
주소 ǀ 110-062 서울시 종로구 신문로 2가 1-335
전화 ǀ 734-3545 / 733-8811(편집부)
        733-5430 / 733-5431(영업부)
팩스 ǀ 735-9994(편집부) / 738-5857(영업부)
이메일 ǀ ilchokak@hanmail.net
홈페이지 ǀ www.ilchokak.co.kr

ISBN 978-89-337-0423-3 03840
값 7,000원